소녀, 히틀러의 폭탄을 만들다

Published by arrangement with Scholastic Canada Limited through Shinwon Agency Co.

소녀, 히틀러의 폭탄을 만들다

마샤 포르추크 스크리피치 글
백현주 옮김

천개의바람

차례

1장
1943년, 헤어짐

방 안에서 비누 냄새가 났다. 불빛이 너무 환해서 눈이 아팠다. 나는 라리사의 손을 꽉 잡았다. 나는 언니니까 동생을 지켜야 한다. 이곳은 어린아이들이 너무 많아서 동생을 잃어버릴 것만 같았다. 벌써 몇 번이나 아이들에게 떠밀려 헤어질 뻔했다. 라리사는 나를 보며 무언가 말을 했지만, 아이들의 고함과 울음소리가 너무 커서 알아들을 수가 없었다. 라리사가 더 큰 목소리로 말했다.

"언니, 꼭 내 옆에 있어야 해."

나는 라리사의 어깨를 감싸 안고 라리사가 가장 좋아하는 자장가를 불러 주었다.

문이 열리는 소리가 들렸다. 방 안이 순식간에 조용해졌다. 흰 옷을 입은 여자가 우리 쪽으로 다가오더니 박수를 짧게 두 번 쳤다.

“지금부터 임상 검사를 시작하겠다.”

독일어 억양이었다. 여자는 우는 아이들을 밀쳐서 길고 구불거리는 줄을 세웠다. 그러고는 줄에서 한 명씩 흰 커튼 안으로 들이밀었다.

차례가 다가오자 라리사의 눈에 두려움이 가득 찼다.

“언니, 나랑 같이 가자.”

나는 라리사의 손을 놓고 싶지 않았지만, 간호사가 라리사의 팔을 잡아당겼다.

커튼 사이로 간호사가 라리사의 잠옷을 벗기는 것이 보였다. 라리사의 얼굴이 부끄러워서 붉어졌다. 간호사가 금속으로 된 의료 기구를 얼굴에 갖다 대자, 라리사가 소리를 질렀다. 나는 뛰어들어서 낚아채려고 했지만, 간호사가 여자를 불러서 나를 막았다. 간호사는 검사가 끝나자 라리사에게 방 한쪽 구석에 서 있으라고 명령했다.

내 차례가 왔다. 무엇을 검사하는지 알 수 없었다. 나는 동생한테서 눈을 떼지 않았다. 동생은 세 명의 아이들과 방 한쪽 구석에 서 있고, 수십 명의 아이들은 반대쪽 구석에 서 있었다. 검사가 끝나고 다시 잠옷을 입자, 간호사가 나에게 아이들이 많은 쪽으로 가라고 했다. 내 동생 라리사가 있는 곳이 아니었다.

"저쪽으로 가고 싶어요."

나는 라리사가 있는 곳을 가리키며 간호사에게 말했다. 라리사는 두려움이 가득한 얼굴로 팔을 축 늘어트린 채 서 있었다.

"조용히 해."

간호사는 차갑게 말하고는 내 어깨를 붙잡아 아이들이 많은 곳으로 밀어 버렸다.

잠시 뒤, 문이 열렸다. 우리는 칠흑 같은 어둠 속으로 떠밀렸다.

"언니, 가지 마."

라리사가 소리쳤다.

뒤를 돌아보았지만 동생을 찾을 수 없었다.

"라리사, 내가 찾아갈게. 꼭 갈게. 기다려야 해."

나는 차가운 바닥으로 넘어졌다. 눈에 불꽃이 번쩍이는 것 같았다. 재빨리 일어나서 아이들 틈을 비집고 나갔다. 빨리 라리사가 있는 곳으로 돌아가야 했다. 하지만 누군가 내 어깨를 강하게 붙잡았다. 나는 다시 어둠 속으로 던져졌다. 철문이 굳게 닫히는 소리가 들렸다.

벌들이 윙윙거리는 소리가 들리고 몸이 부드럽게 흔들렸다. 나는 자장가를 흥얼거렸다. 엄마의 품속에 안겨 있는 것 같았다.

하지만 눈을 뜨니 여전히 어둠 속이었다. 앞이 보이기까지 몇 분이 걸렸다. 더러운 냄새가 코를 찌르고 후텁지근했다. 아이들이 너무 많아서 숨을 쉴 수가 없었다. 자꾸만 몸이 덜컹거리고 흔들렸다. 우리는 가축을 실어 나르는 화물차를 타고 있는 것 같았다. 꿈속에서 들은 윙윙거리는 소리는 겁에 질린 아이들의 속삭임과 화물차가 기찻길을 달리는 소리였던 모양이다. 소리는 점점 잦아들었다.

“기차가 어디로 가는지 아는 사람 있어?”

속닥거리는 소리가 그치고, 누군가 작은 목소리로 대답했다.

“내 생각에 독일로 가는 것 같아.”

온몸에서 힘이 빠졌다. 독일로 가면 라리사를 찾기 어려울 텐데. 어디에 있는지는 모르지만 분명히 겁에 질려 있을 텐데.

나는 벌떡 일어났다가 기차가 흔들리고 주위가 어두워서 비틀거렸다. 엉겁결에 다른 아이의 몸을 밟고 말았다.

“아!”

한 여자아이가 소리쳤다.

"미안해."

나는 일어나 봤자 아무 소용이 없다는 것을 깨닫고 가만히 앉았다. 희미한 기차 안에는 수많은 아이들의 팔다리와 머리가 한데 뒤엉겨 있었다. 구석에 있는 통에서 출렁이는 소리와 함께 지독한 냄새가 코를 찔렀다.

"저기 있는 게 뭐야?"

나는 아이들을 향해 물었다.

"화장실로 쓰는 통이야."

내가 실수로 밟았던 아이가 말했다.

나는 코를 찡그렸다. 이렇게 아이들이 많은데 통이 저거 하나라니. 나는 통으로부터 멀리 떨어진 곳으로 기어갔다. 이번에는 아무도 밟지 않도록 조심스럽게 움직였다. 화물칸 끝으로 가자, 틈 사이로 가느다란 빛이 새어 들었다. 문이었다. 나는 온 힘을 다해 문을 두드리며 소리를 질렀다. 그러자 문을 등지고 서 있던 남자아이가 다가왔다.

"그러지 않는 편이 좋을걸. 우리가 이미 해 봤거든."

희미한 불빛에 남자아이의 헝클어진 머리카락이 비쳤다. 얼굴에는 검붉은 딱지가 앉아 있었다. 피를 흘린 걸까.

나는 가까스로 일어서서 문을 가로지른 긴 손잡이를 힘

껏 아래로 내렸다. 움직이긴 했지만 손잡이는 곧 다시 올라왔고 문은 열리지 않았다.

"문은 밖에서 잠겨 있어."

여자아이의 목소리가 들렸다.

나는 주먹으로 문을 탕탕 쳤다. 그러나 달라지는 건 아무것도 없었다.

머리가 헝클어진 남자아이가 말했다.

"문이 열린다고 해도 그다음에는 어떻게 할 건데? 곧장 기찻길에 떨어져 죽을 거야."

나는 문에 등을 대고 주저앉았다. 두 팔로 무릎을 감싸고 두 발만 쳐다보았다. 라리사도 나처럼 화물칸에 실려서 어딘가로 가고 있을까. 어떻게 동생을 찾아야 할지 답답했다. 앞으로 어떤 일이 일어날지 두려웠다.

어둠 속에서 우리들은 서로 인사를 나눴다. 머리가 헝클어진 남자아이는 키예프에서 온 루카 바루코비치라고 했다. 그 옆에 앉은 여자아이는 키예프에서 온 제냐 초르니, 내가 일어나려다가 밟았던 여자아이는 내 고향 베렌찬카에서 멀지 않은 바빈에서 온 마리카 스테쉰이었다.

문틈으로 흘러 들어오는 빛으로 겨우 시간이 간다는 걸

알 수 있었다. 빛은 점점 희미해지더니 곧 어두워졌다. 졸음이 쏟아졌다. 악몽을 꾸는 밤사이에도 내 몸은 덜컹거렸다. 어떤 아이는 너무 울어서 쉰 목소리로 기도를 했다. 다시 문틈으로 빛이 스며들었다.

낮이 끝없이 이어졌다. 배가 고프고 목이 마르고 더웠다. 이곳에 있는 다른 아이들 모두 마찬가지일 것이다. 이튿날 밤이 지났다. 이 화물칸 안에서 모두 죽는 것은 아닐지 두려웠다.

그런데 밖에서 시끄러운 소리가 났다. 우리 모두 놀라서 꼼짝도 하지 않았다. 문이 열렸다. 간밤에 내 무릎에 웅크려 잠든 마리카를 붙잡지 않았다면 나는 밖으로 굴러떨어졌을 것이다. 갑작스러운 환한 빛에 눈이 아팠다. 차가운 공기가 콧속으로 훅 밀려들었다. 작은 핀 수천 개가 가슴을 찌르는 것 같았다.

나는 밖에 무엇이 있는지 보기 위해 눈을 찡그렸다. 뺨에 여드름이 붉게 번진 나치군이 루카를 향해 총구를 겨누고 있었다. 비명을 지르려고 했지만 소리가 나오지 않았다. 입과 목에 톱밥이 가득 찬 것 같았다. 군인 뒤쪽으로 기차역과 마을이 있는 것 같지만 확실하지 않았다. 나무 건물 앞에는 어두운 얼굴로 서성거리는 사람들이 보였다. 표지판이 있는데 독일어로 씌어 있었다. 그때, 갑자기 쿵 소리가 나더니 귀를 찢을 듯한 소리가 뒤를 이었다. 멀리서 연기가 피어올랐다. 폭탄이었다.

군인이 총을 거칠게 움켜잡고 우리에게 독일어로 고함을 질렀다.

"안에 가만히 있어, 러시아 돼지들아."

우리는 러시아 인도, 돼지도 아닌데……. 하지만 나는 아무 말도 하지 못했다.

이번에는 군인이 건물 안을 향해 소리쳤다. 그러자 넝마를 걸친 마른 여자가 나왔다. 어깨 위에 긴 막대를 얹고 양 끝에 큰 통을 매달고 있었다. 여자는 군인 옆에 멈춰 서서 다음 명령을 기다렸다. 군인이 여자를 향해 손을 까딱거렸다. 통을 옮기라는 명령 같았다.

"쓸모가 없으면 저들이 너희를 죽일 거야."

여자가 화물칸으로 통을 실어 올리면서 우크라이나 어로 빠르게 속삭였다. 통 안에는 물이 가득했다.

"조용히 해."

군인이 소리치며 여자에게 총구를 겨누었다.

여자는 겁먹은 눈으로 군인을 쳐다보고는 두 번째 통을 들어 올렸다. 루카가 손잡이를 건네받았다. 우리는 통을 놓을 자리를 만들기 위해 조금씩 뒤로 물러앉았다. 이번 통에는 회색빛 찌꺼기가 들어 있었다.

문이 쾅 닫혔다. 주위는 또다시 어둠으로 뒤덮였다. 기차가 덜컹거리며 움직이기 시작하더니 속도가 빨라졌다. 나는 엉금엉금 기어서 통으로 다가갔다. 냄새가 코를 찔렀다. 엄마가 채소 껍질을 썩혀서 만든 거름 냄새와 비슷했다. 여느 때 같으면 지독한 냄새에 구역질이 났을 텐데, 음식을 먹은 지 너무 오래돼서 배 속이 꿀렁대기 시작했다. 나는 손가락을 양동이에 담갔다가 입에 넣었다. 미지근했다.

"이건 수프야."

우리는 숟가락이나 그릇이 없어서 차례대로 두 손으로 수프를 펐다. 무 조각이 씹히는 것 말고는 물처럼 묽었다. 나는 무를 천천히 씹어서 삼켰다. 묽은 수프가 말라 버린 목구멍을 적셔 주었다. 눈은 이미 어둠에 익숙해져서 다른 아이들이 줄을 서서 수프를 먹는 것이 보였다. 그런데 마리카가 줄을 서지 못했다. 앉아 있을 기운조차 없는 것 같았다. 나는 기어가서 마리카의 이마를 짚어 보았다. 차가웠다. 너무나 차가웠다.

"마리카, 뭘 좀 먹어야지."

마리카의 어깨를 가만히 흔들자, 마리카가 눈을 가늘게

뜨고 나를 바라보았다. 그러나 금세 힘없이 감겼다.

"마리카한테 먹일 수프가 필요해."

내가 앞줄에 끼어들자, 아이들이 자리를 내주었다. 나는 두 손에 가득 수프를 담았다. 마리카에게 돌아가는 길은 쉽지 않았다. 기차가 흔들리는 데다 어둡고 발 디딜 틈이 없었다. 하지만 넘어지려고 할 때마다 아이들이 나를 잡아 주었다.

루카와 제냐가 마리카를 부축해서 앉혔다. 나는 무릎을 꿇고 수프가 담긴 손을 마리카의 얼굴에 가져갔다. 마리카가 코를 찡긋 움직이더니, 눈을 뜨고 내 손을 보았다.

"먹어 봐."

마리카가 내 손을 감싸 쥐고 입으로 가져갔다. 콜록콜록, 무 조각이 목에 걸렸는지 기침을 했다.

"천천히 먹어."

마리카는 수프를 더 주지 않을까 봐 내 손을 꽉 붙잡고 무를 꼭꼭 씹어서 삼켰다. 수프가 모자라는지 내 손바닥까지 핥더니 다시 제냐의 어깨에 풀썩 쓰러졌다. 마리카를 부축하느라 줄 끝에 선 루카는 수프가 없어서 물만 조금 마실 수 있었다.

조금이나마 물과 수프를 먹었더니 훨씬 힘이 났다.

"아까 그 아줌마가 한 말이 무슨 뜻일까? 쓸모가 없으면 우리를 죽인다고?"

"우린 나치가 일을 시키기에 너무 어려. 그래서 쓸모없는 애들은 죽여."

루카가 말했다.

루카의 말이 돌덩이처럼 무겁게 가슴을 눌렀다. 내가 어리다면 내 동생 라리사는 어떻게 되는 걸까. 라리사가 자신이 쓸모 있다는 것을 보여 줄 수 있을지 걱정이 되었다. 라리사를 구하려면 어떻게 해야 할까. 우선 살아서 이곳을 빠져나가야 할 것이다.

"내가 할 수 있는 일이 있을까?"

"네가 잘할 수 있는 일을 생각해 봐. 그리고 나이를 높여서 말해."

"루카, 넌 이런 것들을 어떻게 알았어?"

"나치에게 잡힌 게 이번이 처음이 아니야."

루카가 한숨을 내쉬었다.

2장
마지막 기억

엄마는 바느질로 옷을 만드는 일을 했다. 아빠도 바느질을 했지만 가죽으로 물건 만드는 일을 했다. 엄마와 아빠는 바늘과 송곳과 실만 있으면 무엇이든지 만들 수 있었다. 소련군이 쳐들어왔을 때, 엄마는 작은 목소리로 자장가를 불러 주며 감자 자루에 십자수 놓는 법을 알려 주었다.

"리다, 잘 기억해. 아름다움은 어디에든지 수놓을 수 있어."

나는 화물칸 안을 둘러보았다. 이곳에도 아름다움을 수놓을 수 있을까. 문득 엄마가 불러 주던 자장가가 떠올랐다. 나는 노래를 부르기 시작했다.

"콜리손코, 콜리손코. 콜리쉬 남 다이타이논쿠."

그런데 루카의 목소리가 들렸다.

"아 쉬콥 스팔로, 네 팔라칼로. 아 쉬콥 로슬로, 네 볼릴로."

루카가 노래를 알다니. 이 자장가는 우리 가족만의 노래라고 생각했다. 항상 라리사와 함께 불렀지 다른 사람 앞에서 부른 적은 없었다. 나는 루카의 노래를 따라 불렀다. 눈물이 흘렀다.

"니 홀로우카, 니 브세 틸로."

루카가 거친 손가락으로 마리카의 머리를 부드럽게 쓰다듬었다. 그리고 나를 쳐다보더니 다시 자장가를 불렀다. 다른 아이들도 함께 부르기 시작했다. 세 번째 자장가를 부를 때에는 기차 안의 많은 아이들이 함께했다. 지금은 라리사와 떨어져 있지만 루카와 다른 아이들과 함께 있으니 또 다른 형제자매들 같았다.

눈물이 멈추지 않았다. 하지만 다 같이 노래를 부르니까 덜 슬픈 것 같았다. 우리는 자장가를 부르고 또 불렀다. 엄마 말이 옳았다. 아름다움은 어느 곳에서나 만들 수 있었다. 우리는 몇 시간 동안 계속해서 노래를 불러서 거의 목이 쉬어 버렸다.

마리카가 루카의 어깨에 머리를 기댄 채 잠이 들었다. 나는 매우 피곤했지만 정신은 또렷했다. 루카는 저 멀리 어딘가를 뚫어지게 바라보았다.

"무슨 생각해?"

내가 속삭이듯 물었다.

"여기에 갇혀 있으니까 예전에 있던 강제 수용소가 생각나."

"거기서 탈출했어?"

루카는 나이보다 훨씬 늙어 보이는 얼굴로 천천히 고개를 끄덕였다.

"무슨 일이 있었어?"

"수용소 주위에서 물길을 파고 있는데 소련군의 폭격을 받았어. 장교와 포로 몇 명이 크게 다치고, 나머지는 모두 흩어졌어. 도망치다가 어느 마을에 도착했는데 할머니가 숨겨 줬어. 나를 보면 손자 생각이 난다고. 그런데 어느 날 아침, 땅이 흔들려서 눈을 떠 보니 창밖에 소련군 탱크가 줄지어 있고, 반대편에는 나치군 탱크가 있었어. 마을이 완전히 전쟁터가 된 거야. 할머니 집은 폭격에 무너졌어. 나는 도망치려고 했지만 그러지 못했어."

"나치에게 다시 잡힌 거야?"

루카가 고개를 끄덕였다.

"할머니는 어떻게 됐어?"

"돌아가셨어. 나는 쓸 만하지만, 할머니는 일을 할 수 없다고 생각했나 봐."

루카를 숨겨 준 할머니를 생각하니 눈물이 났다. 우리 할머니도 아마 똑같이 했을 것이다. 나는 부르튼 루카의 손을 가만히 잡았다.

"기운 내."

대답 대신 루카가 내 손을 꽉 잡았다.

루카가 겪은 일들을 들으니 마음이 아팠다. 포로로 두 번씩이나 붙잡히다니……. 상상조차 하고 싶지 않았다. 루카의 가족들은 어디에 있을까. 머릿속에 궁금증이 떠올랐다.

우리는 각자 슬픔에 잠긴 채 조용히 앉아 있었다. 나는 자장가를 듣다가 잠이 들었다. 라리사가 내 무릎을 베고 누워 있는 꿈을 꾸었다. 그리고 엄마, 아빠와 함께 웃는 행복한 꿈이 이어졌다. 나는 잠결에 손을 뻗어 작은 십자가가 달린 가죽 목걸이를 만지작거렸다. 나에게 남아 있는 하나뿐인 가족의 물건이었다.

밤과 낮이 뒤섞여 며칠이 지났는지 알 수 없었다. 기차가 한 번 멈췄지만 문은 열리지 않았다. 비좁고 숨 막히는 기차 안에 우리를 죽을 때까지 버려 둘 셈일까. 또다시 기차가 멈췄다. 이번에는 문이 열리고 수프와 물이 한 통씩 올라왔다. 잠시 동안이지만 신선한 공기를 마실 수 있었다. 지난번 무 수프를 먹은 뒤 며칠이 지났는지 알 수 없지만 꽤 여러 날이 지난 것은 분명했다. 우리는 모두 약해지고 힘이 하나도 없었다.

엄마와 아빠가 끌려가고 난 뒤의 꿈을 꾸었다. 나는 할머니와 라리사와 살았다. 우리 셋은 서로 의지하며 작은 일에서 행복을 찾으려고 했다. 하지만 나와 동생을 잡으러 나치가 쳐들어온 날 밤, 할머니는 돌아가셨다. 이제 라리사는 내게 남은 전부였다. 하지만 어디에 있는지조차 알 수 없었다. 어떻게 동생을 찾아야 할까.

기차가 덜컹거려서 잠에서 깨어났다. 얼마 동안이나 잔 걸까. 좁고 어두운 곳에 있어서 시간이 얼마나 흘렀는지 알 수 없었다.

머리가 간지러웠다. 머리 속에서 무언가 꿈틀거리는 것이 느껴졌다. 나는 손을 뻗어 머리카락을 훑었다. 벌레였다. 손톱으로 꾹 눌러 죽이고 다시 벌레를 잡았다. 하지만 꿈틀거리는 간지러움은 계속되었다. 아이들이 하나둘 잠에서 깨어나서 훌쩍거렸다. 하지만 잠시 뒤, 아이들 모두 머리와 옷 속에서 벌레를 잡아내느라 바빴다.

"어차피 다 잡을 수는 없을 거야. 우리가 너무 오랫동안 갇혀 있느라 씻지 못해서 벼룩이 생긴 거야."

루카가 여전히 문을 등지고 서서 말했다.

소름이 돋았다. 벼룩 한 마리를 잡아서 짓이길 때마다 백 마리는 도망치는 것 같았다. 이런 곳에서 아름다움을 찾기는 불가능해 보였다. 나는 마리카 옆으로 기어갔다. 마리카가 겨우 눈을 떴다.

"몸이 많이 아파."

마리카는 일어나려고 했지만 기침 때문에 몸을 가누지 못했다. 마리카를 일으켜 앉혔지만 다시 쓰러졌다. 나는 마리카의 이마를 짚었다. 지난번에는 놀랄 만큼 차가웠는데, 지금은 펄펄 끓었다. 얼굴에 핏기가 하나도 없는데 양 볼에서 빨갛게 열이 났다. 루카에게 무언가 말하려고 했지만, 루카는 고개를 저을 뿐이었다. 내 생각에 루카는 마리카가 얼마나 아픈지 알고 있지만 굳이 입 밖으로 꺼내고 싶지 않은 것 같았다. 마리카의 손을 잡고 조용히 자장가를 불러 주는 것 말고는 할 수 있는 일이 없었다. 다른 아이들도 함께 자장가를 불러 주었다. 시간은 계속해서 흘러갔다.

기차가 멈추었다. 문이 열리자, 루카가 마리카를 부축해서 문에서 가장 먼 곳으로 데려갔다. 찬 바람이 세차게 밀려들고 햇빛이 너무 밝아서 눈이 부셨다.

"더러운 돼지 새끼들아, 밖으로 나와."

햇빛 저편에서 고함 소리가 들려왔다. 나치들은 늘 소리를 질렀다.

우리는 군인들을 피해 몸을 움찔거렸다. 그러나 밖으로 나가지 않으면 무슨 짓을 당할지 두려워서 시키는 대로 문 쪽으로 나아갔다. 밖으로 내려가려는데 너무 오래 앉아 있어서 다리에 힘이 주어지지 않았다. 갑자기 머리가 핑 돌았다. 나는 기차 아래로 떨어져서 날카로운 자갈에 손바닥과 무릎을 찧었다. 몹시 아팠지만 생각할 겨를이 없었다. 아이들이 내 위로 마구 쏟아져 내렸기 때문이다. 나는 가까스로 굴러서 밑에 깔리는 것을 피했다.

"일어나."

루카가 나에게 손을 내밀었다. 나는 눈을 가늘게 뜨고 올려다보았다. 마리카는 루카의 품에 안긴 채 서 있었다.

"못 일어나겠어. 무릎이 아파."

"우린 아프면 안 돼."

루카는 내 팔을 비틀다시피 잡아 일으켰다. 너무 세게 잡아당겨서 팔이 빠지는 것 같았다. 나는 아파서 쩔쩔매다가

발을 헛디뎌서 자갈에 긁혔다. 그사이 눈이 점점 햇빛에 익숙해졌다.

벽돌과 나무로 지은 새 건물이 보였다. 이 층 나무 건물 한가운데 철로 된 아치형 입구가 있고, 입구 위에는 창문이 달린 작은 집이 있었다. 초소인 것 같았다. 군인 몇 명이 짧은 고무 곤봉을 휘두르며 아이들을 입구에 줄 세웠다. 한쪽 팔에는 '바흐만'이라고 쓰인 띠를 차고 있었다. 보초병들이었다.

기차에서 아이들이 끝없이 쏟아져 나왔다. 누더기를 걸친 아이들은 야위고 지독한 냄새가 나고 벼룩이 들끓었다. 마침내 화물칸 문이 쾅 닫혔다. 우리는 앞으로 무슨 일이 일어날지 두려움에 떨면서 무리 지어 서 있었다. 멀리서 사이렌 소리와 폭탄 터지는 소리가 들렸다.

"모두 옷 벗어."

군인이 소리쳤다.

남자아이들 앞에서 옷을 벗으라는 소리에 여자아이들 얼굴이 붉어졌다.

"마리카 좀 부탁해."

루카가 마리카의 팔을 풀어서 내 목에 둘러 주었다. 나는 팔로 마리카의 허리를 붙들었다. 마리카가 서 있으려고 버티는 것이 느껴졌다. 하지만 마리카는 너무 지쳐 있었다.

여자아이들이 줄 뒤쪽으로 모였다. 루카가 다시 한 번 나를 쳐다보았다. 무언가 말하는 듯했지만 울음소리와 웅성거림 때문에 들리지 않았다.

군인이 곤봉으로 루카의 귀를 후려쳤다.

"안 들려? 지금 당장 옷을 벗으라고."

루카가 남자아이들에게 뭐라고 말하자, 모두 우리를 등지고 서서 옷을 벗기 시작했다.

"우리도 남자애들을 쳐다보지 말자. 사람이 많은 곳에서 옷을 벗는다고 부끄러워할 필요는 없어."

나도 여자아이들에게 말했다.

곤봉이 내 머리로 날아들었다.

"조용히 해."

내 옆에 서 있던 제냐가 재빨리 옷을 벗어서 더미에 던져 놓은 뒤, 내가 옷을 벗을 수 있도록 마리카를 부축해 주었다. 나는 옷을 벗고 가죽 목걸이도 벗었지만, 목걸이는 도저히 옷 더미에 던질 수 없었다. 그래서 손에 목걸이를 움켜쥐었다. 제발 아무도 알아차리지 못하기를. 나는 제냐와 함께 마리카의 옷을 벗긴 뒤, 마리카를 부축해서 줄을 따라 걸었다.

"저쪽 이발소로 이동하도록."

군인이 소리를 질렀다.

배가 나온 이발사는 지루한 표정으로 담배꽁초를 입에 물고 있었다. 마리카는 머리를 밀자 가까스로 눈을 떴다. 내 차례가 되었다. 이발사는 능숙한 손놀림으로 면도날을 움직였다. 이가 들끓는 머리카락이 바닥에 수북이 쌓였다.

"다음."

머리카락이 사라지자 추워서 몸이 떨렸다.

천장에 달린 수도꼭지가 열리더니 알 수 없는 액체가 쏟아졌다. 액체는 몸을 타고 흐르다가 손과 무릎에 난 상처에 달라붙었다. 가슴이 타는 듯했다. 숨을 참으려고 했지만 눈과 입술이 너무 따가웠다.

화학 약품에 온몸을 적신 뒤 다음 장소로 이동했다. 이번에는 따듯한 물이 쏟아졌다. 꿈만 같았다. 딱지가 앉은 머리에서 어깨로 지독한 화학 약품이 씻겨 내려가면서 벼룩 수백 마리가 하수구로 떠내려갔다. 하지만 샤워 시간은 너무 짧았다. 우리는 젖은 채로 밖으로 나왔다. 나는 목걸이를 목에 걸고, 추위에 떨면서 옷 더미에서 옷을 찾았다.

"서둘러! 꾸물거리면 아예 옷을 못 입고 다닐 줄 알아."

군인이 소리치면서, 샤워를 마친 한 소녀의 어깨를 곤봉으로 내려쳤다.

나는 아무 옷이나 집어 들었다. 몸을 가릴 수만 있다면 내 옷이든 아니든 상관없었다. 옷은 더럽고 축축하고 벼룩으로 뒤덮여 있었다. 다행히 벼룩은 죽은 것 같았다. 젖은 옷을 입으니 몸이 덜덜 떨렸다. 마리카는 혼자 옷을 입을 힘이 없어서 커다란 셔츠를 골라 입혀 주었다. 제냐는 마리카에게 치마를 입혀 주었다.

마리카가 잡혀 왔을 때 신었던 새 신발을 찾았다. 정신없이 찾았지만 눈에 보이지 않았다.

"누가 마리카 신발을 가져갔어?"

나는 아이들을 향해 물었다.

"빨리빨리!"

군인이 소리를 지르며 곤봉으로 내 등을 후려쳤다.

우리는 맨발로 운동장에 모였다. 마리카는 나와 제냐에게 기대어 겨우 걸었다. 우리는 기차에서 내린 뒤로 서로 한 마디도 하지 않았다. 마리카의 입술이 시퍼렇게 질려 있었다.

나와 제냐는 마리카를 부축하느라 서로 몸을 바짝 붙이고 있는데도, 덜덜 떨었다. 몸이 젖어서 떨리고, 앞으로 어떤 일이 벌어질지 몰라서 떨렸다. 나는 두려움을 떨치려고 주위를 둘러보았다. 우리에게 무슨 짓을 하려는지 알 수 없었다. 수용소는 한가운데 있는 건물 같았다. 양쪽에 긴 건물이 여러 개 있는데, 몇 개만 벽돌 건물이고 대부분은 지은 지 얼마 안 되는 나무 건물이었다. 건물들 주위로 나무 울타리가 에워싸고 있는데 그 위에는 가시철사가 감겨 있었다. 높은 곳에는 초소들이 세워져 있고, 보초병들이 한 명씩 지키고 있었다. 보초병들은 때때로 우리에게 총구를 겨누었다. 우리는 그저 어린아이들일 뿐인데도.

그때, 날카로운 소리가 들렸다. 위를 올려다보니 성조기가 그려진 미국군 전투기가 줄을 맞추어 날았다. 우리는 누가 먼저랄 것도 없이 바닥에 엎드렸다. 전투기는 속도를 낮추지 않고 우리를 지나쳐 날아갔다. 저 멀리에서 폭탄이 터지는 소리가 들려왔다.

붙잡혀 오기 전에 동네 어른들한테 미국군은 낮에 독일 공장을 폭격하고, 영국군은 밤에 도시를 폭격한다는 얘기를 들은 적이 있었다. 나는 우리가 있는 곳이 목표물이 되지 않기를 기도했다. 독일에 폭탄이 떨어졌다는 소식을 듣고 기뻐하던 기억이 났다. 그때, 나는 연합군이 이기기를 간절히 바랐다. 할머니가 영국, 캐나다, 미국 연합군이 히틀러를 이기면, 다음으로 스탈린과 싸워서 우리에게 자유를 줄 거라고 했기 때문이다.

빳빳한 군복을 입고 반짝이는 긴 군화를 신은 독일 장교가 채찍을 들고 건물에서 나왔다. 독일 셰퍼드가 그 뒤를 따랐다. 둘은 우리가 엎드려 있는 곳으로 걸어왔다.

"모두 일어나."

장교의 나지막한 목소리가 군인들의 고함보다 훨씬 섬뜩했다. 나는 마리카를 부축해서 일으켰다.

"그 애한테서 팔 내려."

"그럴 수가 없어요. 왜냐하면……,"

순간 채찍이 날아왔다. 눈에 불이 번쩍 일었다. 따듯한 피가 얼굴에 흘렀다. 갑작스러운 고통에 내가 손을 놓치자, 마리카가 차가운 바닥으로 풀썩 쓰러졌다. 장교가 마리카 앞으로 와서 명령했다.

"일어나."

하지만 마리카는 일어나지 못했다.

장교는 채찍을 잡고 뒷짐을 진 채 우리 앞을 천천히 걸었다. 셰퍼드가 몇 발자국 뒤를 따랐다. 장교가 걸음을 멈추고 경멸이 가득한 눈으로 우리를 한 명씩 둘러보았다. 그리고 손을 올리자, 군인이 재빨리 다가왔다.

"저거 치워."

장교가 마리카를 가리키고는 자리를 떴다. 셰퍼드가 뒤를 따랐다. 군인이 마리카를 들어 올려 어디론가 데리고 갔다. 마리카는 어떻게 되는 걸까. 내가 군인을 쫓아가려고 하자 제냐가 팔을 잡았다. 풀려고 할수록 더 세게 잡았다. 다리에 힘이 풀려 바닥에 주저앉을 뻔했다. 제냐가 나를 붙들어 주었다.

"모두 막사로 들어가."

다른 군인이 곤봉을 휘두르며 고함을 질렀다.

막사는 어둡고 축축하고 코를 찌르는 표백제 냄새가 났다. 네모난 방 한쪽에 삼 층 나무 침대가 있고, 반대편에는 이 층 침대가 있었다. 모두 서른여섯 개였다. 어둠에 익숙해지자 문 옆에 작은 나무 탁자가 놓여 있고, 천장 한가운데 전구 하나가 매달려 있는 것이 보였다. 나는 전구에 달린 줄을 잡아당겼다. 밝진 않지만 그래도 방 안이 환해졌다. 벽에는 작은 전기 히터가 붙어 있었다. 만져 보니 얼음처럼 차가웠다. 히터 뒤를 더듬어 스위치를 켰다. 잠시 뒤에 손을 대 보니 약하게 따듯한 바람이 나왔다. 침대 위에는 매트가 반으로 접혀 있고 그 위에 베개와 얇은 회색 담요 두 장, 빳빳한 노란색 침대보가 놓여 있었다. 히터와 가장 가까운 침대는 이미 누군가 맡았는지, 매트가 정리되어 있었다.

문 앞 일 층 침대는 아무도 가려고 하지 않아서 내가 쓰기로 했다. 피곤하고 춥고 배고프고 많이 놀라서 머리가 멍했다. 하루 동안 너무 많은 일들이 일어났다. 이곳은 어디일까. 물론 기차 화물칸보다는 나았다. 깨끗하니까. 하지만 아무 잘못도 없이 감옥에 갇혀 있는 기분이 들었다.

몇몇 아이들은 매트를 펼쳐서 침대를 정리했다. 몇몇 아이들은 나처럼 그냥 나무 침대 위에 앉아 있었다. 어떤 아이들은 울고, 어떤 아이들은 잔뜩 얼어 있었다. 내 어깨에 아주 무거운 짐이 놓여 있는 것 같았다. 나는 동생을 찾아야 한다. 라리사도 잔뜩 겁에 질려 있을 것이다. 동생을 찾으려면 먼저 이곳에서 나가야 한다. 하지만 나치군의 눈을 피해 가시철사 담장을 넘을 수 있을지, 아니 그보다 동생에게 소식이라도 전할 수 있을지 겁이 났다. 하지만 나는 절대로 포기하지 않을 것이다. 강해져야 한다. 지금은 무사히 살아남는 것이 중요하다. 그래야 동생을 찾으러 갈 수 있으니까.

침대 위에 매트를 펴는데 무거운 소리가 났다. 매트 안에 무엇이 들어 있는지 손으로 쓸어 보았다. 돌덩이처럼 단단

했다. 집에서 쓰던 이불에는 부드러운 거위털이 채워져 있었다. 나는 나치가 쳐들어오기 전날 밤을 떠올렸다. 나와 라리사는 할머니가 덮어 준 두꺼운 거위털 이불을 덮고 단꿈에 빠져 있었다. 행복했던 마지막 기억이었다. 영원히 잊을 수 없을 것이다.

나는 베개를 집어 들었다. 베개 안에도 무언가 알 수 없는 단단한 것들로 채워져 있었다. 냄새를 맡았더니 숨이 막힐 것 같았다.

"지저분하고 오래된 지푸라기가 들어 있어."

제냐가 침대를 정리하면서 말했다.

독일인들은 지푸라기 위에서 자는 걸까. 그보다는 깨끗할 줄 알았는데……. 독일인들은 우리를 돼지라고 불렀다. 지푸라기로 만든 매트와 베개를 준 걸 보면 정말로 우리를 돼지라고 생각하는 것 같았다.

노란색 침대보는 매우 거칠거칠하고 강한 표백제 냄새가 났다. 하지만 깨끗해 보이기는 했다. 나는 침대보를 펼쳐서 매트와 베개에 딱 맞게 씌웠다. 지푸라기가 든 매트와 베개가 몸에 닿으면 안 되니까. 다시 벼룩이 옮을지도 모르니까.

히터가 돌아가는 소리는 나지만 내가 있는 곳까지 따듯

해지지는 않았다. 나는 담요를 머리끝까지 덮고 몸을 잔뜩 웅크렸다. 하지만 담요가 너무 얇고 뻣뻣해서 계속해서 몸이 떨렸다. 잠이 들지 않으니까 끊임없이 걱정거리가 떠올랐다. 이제 나는 어떻게 될까. 군인들이 마리카에게 나쁜 짓을 하지는 않았을까. 루카는 어디로 끌려갔을까. 라리사는 무사할까.

그때, 누군가 내 등을 부드럽게 어루만졌다. 제냐였다. 제냐가 나를 위로해 주었다.

"리다, 네가 아니었다면 난 기차에서 살아남지 못했을 거야."

나는 무슨 말인지 몰라 어리둥절했다. 그러자 제냐가 내 마음을 읽은 것처럼 말했다.

"네가 화물칸 안에서 노래를 시작했잖아."

눈물이 나려고 했다. 제냐, 루카, 마리카와 나는 같은 화물칸에 탔다는 거 말고 서로에 대해 아무것도 몰랐다. 하지만 우리는 지금 같이 있는 것만으로 큰 위로를 받았다.

"여기에 잡혀 온 우리들에 대해서 알고 싶어."

"좋은 생각이야. 내가 먼저 시작할게."

제냐가 미소를 짓더니 자리로 돌아갔다.

"얘들아, 안녕. 내 이름은 제냐 초르니야. 열네 살이고 키예프에서 왔어."

제냐 위층 침대에서 눈썹이 진한 소녀가 말했다.

"나는 타티아나 셰프첸코야. 나도 키예프에서 왔어. 부차가 고향이야."

내 옆에서 목소리가 들렸다.

"나는 키예프 옆 동네 라이찬카에서 왔어."

나는 일어나서 방금 말한 소녀를 보았다. 몸에 색이 없는 듯 창백했다. 박박 깎은 머리에 눈동자 색은 연하고 눈썹은 금발이었다. 어두운 모직 교복에 때 묻은 흰 스타킹을 신고 있었다.

"이름이 뭐야?"

"카타리나 피치."

"몇 살이야?"

"열한 살."

"난 여덟 살이야. 이름은 리다 페레주크."

방 안 여기저기에서 소곤거리는 소리가 들렸다.

"나치들이 어린아이는 좋아하지 않는다고 들었어."

카타리나가 말했다.

이번에는 침대 맞은편에서 창백한 소녀가 자기소개를 했다.

"나는 체르니베츠카에서 왔어. 여덟 살이고, 이름은 올레시아 세레디우크야."

올레시아가 고개를 내밀고 카타리나를 보았다.

"어린아이들을 좋아하지 않는다고 누가 그랬어?"

"누군가 말하는 걸 들었어."

카타리나가 대답했다.

몇몇은 맞장구를 치고, 몇몇은 사실이 아니라고 소곤거렸다.

"내 이름은 이반카 미차일렌코야."

볼에 점이 있는 소녀가 말했다. 히터에서 가장 가까운 침대를 맡은 아이였다.

"난 열세 살이야. 키예프 변두리에서 왔어. 나도 나이가 많아야 나치들이 좋아한다고 들었어."

자기소개와 나이에 대한 의견이 계속됐다. 대부분 키예프나 내 고향 체르니베츠카에서 온 아이들이었다. 키예프에서 온 아이들은 나이가 많았는데, 길거리나 학교에서 나치군에게 잡혀 왔다고 했다. 내 고향에서 온 아이들은 대부분 '브라운 시스터즈'라고 불리는 나치 비밀 여경들에게 잡혀 왔다. 나와 라리사처럼. 내 주위에는 나이가 어린 올레시아, 다리아, 카트야가 있었다. 올레시아는 혼자고, 다리아와 카트야는 나란히 놓인 침대 두 개를 함께 썼다.

"너희는 자매야?"

다리아가 고개를 저었다.

"같은 교회에 다녔어."

소개가 모두 끝나자, 가족과 헤어진 사람은 나만이 아니라는 사실이 마음에 와 닿았다. 우리 모두 멀리서 폭탄 터지는 소리를 들으며 마음속으로 슬픔을 견뎠다.

눈에 띄게 작은 올레시아는 얼굴이 눈물로 범벅이 된 채 침대에 앉아 있었다. 카트야가 침대에서 내려와서 올레시아의 눈물을 닦아 주며 속삭였다.

"우리 모두 힘들지만 서로 위로해 주고 의지하면서 이겨내자."

"리다, 우리 노래 부를까? 모두 슬프고 두려우니까."

제냐가 목이 멘 소리로 말했다.

나는 눈물이 나올 것 같아서 숨을 깊이 들이마셨다. 제냐의 말이 옳아. 여기 있는 모두 나만큼 무섭고 두려울 거야. 노래를 부르면 슬픔을 잊는 데 도움이 되겠지.

나는 침대에 누웠다. 지푸라기에 벼룩이 있는 것쯤은 상관없었다. 이제는 이곳에 익숙해져야 하니까. 나는 눈을 감고 폭탄 소리와 무서운 생각들을 지우려고 노력했다. 라리사를 생각했다. 그리고 침착하고 또렷한 목소리로 부모님이 알려 준 노래를 시작했다.

"내가 어렸을 때 동생이 한 명 있었는데……,"

카타리나가 떨리는 목소리로 노래를 이어 불렀다.

"내가 어렸을 때 나를 사랑하는 부모님이 있었는데……,"

이반카도 불렀다.

"나는 아직 어린아이인데 나를 사랑하는 사람이 아무도 없네."

이번에는 제냐가 고운 목소리로 노래를 불렀다.

"얘들아, 우리가 있잖아. 우리는 너를 사랑해."

조그만 올레시아는 목이 잠겼지만 자기 차례가 되자 열심히 노래를 불렀다. 다른 아이도, 또 다른 아이도 차례로 노래를 불렀다.

두려움이 연기처럼 사라지는 것 같았다. 나는 라리사와 함께했던, 아빠가 소련군에게 잡혀가기 전, 엄마가 나치군에게 잡혀가기 전을 떠올렸다. 우리 집 뒷마당에는 라일락 나무 한 그루가 있었다. 내가 라리사를 어깨에 태우면, 라리사는 손을 뻗어서 작은 꽃가지를 꺾었다. 우리는 엄마를 위해 라일락을 식탁에 놓아두었다. 그러면 라일락 향기가 온 집 안에…….

나는 꽃향기를 맡듯이 깊게 숨을 들이쉬었다. 라일락 향기가 나는 것만 같았다. 하지만 아주 잠시였다. 지금 이곳에는 썩은 지푸라기와 표백제와 절망의 냄새가 가득했다.

3장
러시아 수프

갑자기 문이 확 열렸다. 나는 깜짝 놀라 벌떡 일어났고, 행복했던 추억은 흩어져 버렸다.

군인이 아니라 머리를 아무렇게나 틀어 올리고, 색이 바랜 원피스에 앞치마를 두른 여자였다. 무척 피곤해 보였다. 여자는 박수를 치더니 정확한 우크라이나 어로 말했다. 우리 동네에 살던 독일인의 말투와 비슷했다.

"얘들아, 서둘러. 지금 나와 함께 가야 해."

친절한 말투였다.

중앙 건물 앞에는 탁자가 놓여 있고, 군인 두 명이 앉아 있었다. 여자는 우리에게 탁자 앞쪽에 줄을 서라고 했다. 내 차례가 되자 군인 한 명이 내 손가락을 붙잡아 검은 잉크판에 눌렀다가 흰 종이에 찍었다. 그러고는 종이를 흔들어서 잉크를 말리고 옆자리에 있는 군인에게 건넸다.

"이름."

서류를 받은 군인은 만년필을 쥐고 고개도 들지 않은 채 물었다.

"리다 페레주크입니다."

군인은 내 이름을 키릴 문자(9세기 말에 불가리아에서 만들어진 문자로 현재 러시아 문자의 바탕이 됨.-옮긴이)가 아닌 독일어 알파벳으로 적었다.

"생년월일."

"3월 14일입니다."

군인이 잠시 나를 쳐다보더니 말했다.

"생일이군."

오늘이 3월 14일이었던가. 그렇다면 오늘부터 나는 아홉 살이다. 그동안 슬픔에 잠겨 있느라 생일이라고는 생각지도 못 했다.

"태어난 연도는?"

"천구백……."

나는 머뭇거렸다. 나이를 사실대로 말하면 어떻게 될까. 아홉 살이라는 나이가 쓸모가 있을지 없을지 알 수 없었다. 그렇다고 운에 맡길 수는 없었다.

"1930년입니다."

"열세 살?"

군인이 의심스러운 눈으로 나를 쳐다보았다.

"네."

군인은 서류에 숫자를 적으며 입꼬리를 살짝 올렸다.

"생일 선물을 생각해 보지. 국적은?"

"우크라이나입니다."

"그런 곳은 없어."

군인은 서류에 '동부 점령지'라고 적었다. 내가 싫어하는 말이었다.

"태어난 곳."

"베렌찬카, 우크라이나 부코비나 체르니베츠카 지역입니다."

군인은 더 이상 묻지 않고 몇 군데 줄을 그었다. 국적은 빈 칸으로 남겨 두었다.

"국적에 우크라이나 인이라고 써 주실 수 있나요?"

"그런 곳은 없어. 다음."

다음 차례는 카타리나 피치였다. 나는 카타리나가 몇 살이라고 말할지 궁금해서 걸음을 멈추었다.

"1929년 2월 6일생입니다."

카타리나가 열한 살이 아니라 열네 살로 올려서 말했다. 군인은 기계처럼 서류에 적으면서 말했다.

"식당으로 가."

그리고 나를 보더니 말했다.

"넌, 거기서 꾸물대지 마."

나와 카타리나는 식당으로 들어가는 줄에 섰다. 우리 둘은 나이를 속였다. 나는 카타리나의 손을 붙잡았고, 카타리나는 푸른 눈동자로 나를 바라보며 말했다.

"잘한 일이어야 할 텐데……."

긴 줄 끝에 서 있어도 음식 냄새가 났다. 양념에 재운 고기, 감자, 양파, 바닐라 향까지 났다. 지난번에 수프를 먹고 며칠을 굶었는지 알 수 없지만 오랜 시간이 지난 것은 분명했다. 지금까지 우리가 먹은 걸로 봤을 때 이 냄새는 말이 되지 않았다. 아무래도 코가 이상해진 게 아닐까.

줄을 선 사람들이 저마다 자기 나라말로 소곤거렸다. 귀를 쫑긋 세우면 러시아 어는 알아들을 수 있었다. 몇몇 단어는 우크라이나 어와 같기 때문이었다. 나는 독일어도 조금 알아들었다. 전에 우리 동네에 독일인 가족이 살았기 때문이다. 소련군에게 잡혀갔지만. 처음 듣는 나라말도 들렸다.

나는 주위를 둘러보았다. 빛바래고 더러운 누더기를 걸

친 사람부터 낡은 외출복, 잠옷, 교복 등 저마다 다른 옷을 입은 사람들이 줄 서 있었다. 나치군에게 잡힐 때 입었던 옷들일 것이다. 신발을 짝짝이로 신거나 나막신을 신은 사람도 있었다. 대부분 맨발이었다. 나는 추워서 새파래진 발을 내려다보았다. 나막신이라도 있었으면…….

포로들은 옷에 배지를 달고 있었다. 대부분 파란색과 흰색으로 된 네모 배지였다. 배지 가운데에는 'OST(오스타베이터Ostarbeiter의 약자로 동유럽 포로들을 가리킴.-옮긴이)'라고 씌어 있었다. 몇몇은 노란색 바탕에 보라색으로 'P(폴란드Poland의 약자-옮긴이)'라고 쓰인 다이아몬드 모양 배지를 달고 있었다. 내 고향 친구 사라처럼 노란색 별 배지를 단 사람은 없었다. 루카와 화물칸에 탔던 남자아이들을 찾아보았지만 보이지 않았다.

내 차례가 가까워졌을 때, 배식 담당자가 선반을 가리키며 말했다.

"그릇 하나, 컵 하나, 숟가락 하나를 챙겨. 식사가 끝나면 깨끗이 씻어서 막사로 가져가도록."

나는 그릇과 컵, 숟가락을 가슴에 품고 조금은 설레는 맘으로 발걸음을 옮겼다. 주방을 보자 배고픔이 되살아났다.

내 차례가 얼마 안 남았다. 뚜껑이 열려 있는 수프 통 네

개, 닫혀 있는 통 세 개, 따로 놓인 통 한 개. 나는 수프 통 앞에 땀을 흘리며 서 있는 요리사를 향해 웃어 보였다. 통에는 작은 라벨이 붙어 있었다. 독일, 아리아, 폴란드. 따로 떨어진 통에는 '러시아'라고 씌어 있었다.

요리사가 독일 수프 통에서 고기, 감자, 당근이 가득한 걸쭉한 수프 한 국자를 펐다. 나도 모르게 입안에 침이 고였다. 요리사는 내 앞사람에게 수프를 퍼 주더니, 뒤 탁자에서 바닐라 푸딩을 가져왔다. 포로들에게 푸딩을 주다니! 믿어지지 않았다.

드디어 내 차례가 되었다. 나는 그릇을 내밀며 말했다.

"독일 수프를 주세요."

요리사는 나를 보지도 않고 배식 담당자를 쳐다보았다.

"러시아 인."

배식 담당자가 말했다.

"나는 러시아 인이 아니에요. 우크라이나 사람이에요."

배식 담당자가 눈살을 찌푸리며 말했다.

"여기 우크라이나라고 씌어 있는 통이 있니? 너는 동부 점령지에서 왔잖아. 그러면 러시아 인이야."

요리사가 러시아 통으로 가서 수프를 펐다. 국자도 달랐다. 뿌연 갈색 국물을 보자 눈물이 핑 돌았다.

"그럼 푸딩이라도 얻을 수 있을까요?"

"열등한 인간에게 귀한 음식을 줄 수 없어. 당장 자리로 가서 앉아."

열등한 인간이라는 건 무슨 뜻일까.

나는 줄을 서 있는 사람들을 지나 긴 나무 탁자에 앉았다. 수프 냄새를 맡아 보았다. 흐릿하게 쉰내가 났다. 수프를 저어서 무엇이 들어 있는지 살펴보았다. 무 껍질이 떠올랐다. 다시 휘저었다. 작고 동그란 흰색 건더기가 보였다. 설마 벌레? 구역질이 났다. 나는 그릇을 밀어 버렸다.

"먹어 두는 게 좋을걸."

처음 듣는 독일어 말투였다. 내 맞은편에 앉은 소녀였다. 나와 나이가 비슷해 보였다. 검은 머리가 고슴도치처럼 짧고 빳빳하게 올라온 걸 보니 이곳에 온 지 좀 된 것 같았다. 눈은 지쳐 보이지만, 입은 희미하게 웃고 있었다. 소녀는 숟가락으로 향기로운 수프와 고기 조각을 떴다. 나는 화가 났다.

"왜 너만 고기를 받은 거야?"

"나치가 너희를 쓸모 있는 인간이라고 생각하지 않기 때문이야."

"사람은 누구나 똑같아."

"나치는 너희를 열등한 인간으로 생각해. 주위를 둘러봐. 일을 시키려고 여러 나라 사람들을 붙잡아 왔어. 물론 어떤 사람들은 정치범이야. 나처럼 말이야. 나는 나치에 반대하는 전단지를 돌리다가 붙잡혀 왔어. 나머지는 그저 너처럼 일을 시키려고 붙잡아 왔지. 여기서는 독일 군인이 가장 뛰어난 인간이기 때문에 가장 좋은 음식을 먹어. 후식으로 바닐라 푸딩까지 먹는다고."

소녀는 숟가락을 흔들며 설명하더니, 다시 감자 조각을 떠 먹었다.

"난 헝가리 사람이야. 우리나라가 나치와 손을 잡았기 때문에 우리를 우수한 사람으로 대해 줘."

소녀는 맛을 느끼듯 감자를 천천히 씹었다.

"그럼 우크라이나에 대해서는 어떻게 생각하는데?"

헝가리 소녀는 다시 수프 한 숟가락을 떠서 만족스러운 표정으로 삼켰다.

"그런 나라는 없어. 러시아를 말하는 거야, 폴란드를 말하는 거야?"

헝가리 소녀의 눈이 호기심으로 반짝였다.

"선택을 해야 한다면 폴란드 인이라고 말해. 러시아 인보다는 더 좋은 음식을 주니까."

“내가 선택할 수 있는 게 아니야.”

“그거 참 안됐구나.”

소녀는 기름기가 흐르는 고기를 씹었다. 그리고 나에게 눈을 맞추며 차갑게 말했다.

“먹어 두는 게 좋을걸. 안 먹으면 다른 러시아 아이가 와서 빼앗아 먹을 거야. 러시아 인은 다 도둑이니까.”

나는 보기만 해도 토할 것 같은 수프를 내려다보았다. 벌레가 어때서! 어쩌면 고기 맛이랑 비슷할지도 몰라. 수프에 숟가락을 집어넣었다. 강해져서 이곳을 나가야 라리사를 찾을 수 있다. 한 숟가락 듬뿍 떠서 입안으로 가져갔다. 끔찍한 맛을 생각하지 않으려고 헝가리 소녀의 얼굴을 꼿꼿이 쳐다보았다. 무 한 조각 남기지 않고 깨끗이 그릇을 비웠다.

어느새 군인이 식당 문 앞에 와서 날카롭게 박수를 쳤다.

“7번 막사, 지금 이동한다.”

나와 서로 다른 탁자에 흩어져 있던 아이들은 벌떡 일어나서 군인을 따라갔다.

4장
십자가 목걸이

"루카!"

누군가 루카의 이름을 불러서 돌아보았다. 루카가 남자 화장실 앞에 다른 포로들과 함께 줄을 서 있었다. 나는 그 옆에 있는 여자 화장실 앞에 서 있었다. 루카의 얼굴은 슬퍼 보였다. 잠시 뒤, 루카가 내 곁을 지나가면서 속삭였다.

"병원에는 가지 마."

"이동한다!"

군인이 고무 곤봉으로 루카의 등을 내려쳤다. 그러고는 거칠게 루카의 팔을 잡아 줄에 밀쳐 넣었다. 루카의 눈이 빨개졌지만 울지는 않았다. 루카는 용감한 아이니까. 그런데 병원 이야기는 어디서 들었을까. 나한테 그 사실을 알려주느라 위험을 무릅쓴 루카의 마음이 무척 고마웠다. 병원이 나쁜 곳이라니, 믿어지지 않았다. 라리사와 헤어진 곳도 병원과 비슷했다. 라리사는 아직 그곳에 있을까. 위험한 일이 생긴 건 아닌지 걱정이 되었다.

그런데 순식간에 동생 걱정이 사라질 만큼 지독한 냄새가 났다. 내 차례였다. 제냐가 나보다 뒤에 서 있었기 때문에 그릇을 받아 주었다. 화장실 안으로 들어가자, 발바닥에 축축한 물기가 닿았다. 구역질을 참았다. 눈이 어둠에 익숙해지자 나무 문 여섯 개가 보였다. 화장실에서 나온 여자가 문을 잡아 주었다. 화장실 안에는 허공 위에 놓인 구멍 뚫린 나무판자뿐이었다. 나는 언제나 깨끗하던 우리 집 화장실을 상상하며 숨을 참고 볼일을 마쳤다.

재빨리 밖으로 나와서 차가운 공기를 들이마셔 냄새를 몰아냈다.

"그 정도로 지독해?"

제냐가 내 표정을 보더니 물었다.

나는 고개를 끄덕였다. 제냐가 들어갈 차례였다. 이번에는 제냐가 그릇을 내게 맡겼다.

그사이 다른 막사 문 앞에 카트야, 다리아, 올레시아가 서 있었다. 나는 올레시아 뒤에 줄을 섰다. 파르라니 깎은 올레시아의 머리에는 벌레 물린 자국이 가득했다. 왼쪽 귀

뒤에는 이발사가 실수로 낸 길쭉한 상처가 보였다. 올레시아는 맨발에 치마와 스웨터를 입고 있었다. 내가 입은 원피스보다는 따듯해 보였다. 올레시아가 나를 보며 한숨을 내쉬었다.

"이곳은 정말 최악이야."

그때, 줄이 움직였다. 우리는 안으로 들어갔다. 샤워장이었다. 바닥에는 돼지 여물통같이 생긴 큰 하수구가 있었다. 허리 높이에 있는 긴 파이프에는 수도꼭지 열다섯 개가 달려 있었다. 물을 틀었더니 찬물이 쏟아져 나왔다.

"올레시아, 비누 있어?"

"이것뿐이야."

올레시아가 흰 가루가 담긴 통을 건넸다.

젖은 손으로 가루를 집어 든 순간 비누가 아니라는 걸 알아차렸다. 화학 표백제였다. 손바닥이 타는 것 같았다. 나는 얼른 가루를 씻어 내고 발을 닦는 데만 조금 썼다. 맨발로 차갑고 더러운 바닥을 밟고 다녀야 해서 병균이 옮지 않게 하려면 어쩔 수 없었다. 발바닥에 난 작은 상처에 표백제가 닿자 따끔거렸다. 그래도 발이 조금 깨끗해진 것 같았다. 마지막으로 그릇을 닦아서 막사로 돌아왔다. 물기를 닦을 수건이 없어서 바람에 살이 에이는 듯했다.

7번 막사 관리인이 밖에서 기다리고 있다가, 제냐에게 천 조각과 실과 바늘을 주었다.

"모두 오스타베이터 배지를 옷에 달아. 너희가 동유럽 포로인 걸 알 수 있도록. 이곳에서는 배지 없이 다니면 총살을 당한다."

관리인은 우리가 침대에 들어가자 명단에 확인 표시를 했다.

"내일은 월요일이다. 4시 30분에 일어나야 해. 호루라기 소리가 들리면 즉시 일어나도록."

제냐가 우리에게 배지를 하나씩 나누어 주었다. 올레시아가 가장 먼저 배지를 꿰매고 침대로 올라갔다. 다음으로 제냐가 바느질을 마치고 침대에 누웠다. 아이들이 하나둘 지쳐서 곯아떨어졌다. 나도 피곤했지만 바늘과 실을 보니 엄마 생각이 나서 쉽게 잠이 오지 않았다. 엄마는 항상 어디에서든 아름다움을 찾을 수 있다고 했다. 나는 배지를 한 땀 한 땀 정성스럽게 바느질했다. 주위가 점차 어두워졌다. 눈을 대신해서 손의 느낌으로 꼼꼼하게 바느질했다. 엄마가 라일락 자수를 놓는 모습을 떠올리면서. 그래서일까. 나도 모르게 꽃잎 모양 수를 놓았다. 보기 싫은 배지 주위에 아름다움을 수놓고 싶었다. 엄마가 있었다면 포로 아이들의 옷에 아름다운 수를 놓아 주었을 텐데.

나무 창틀 사이로 달빛이 비쳤다. 제냐의 하얀 얼굴이 눈물에 젖어 있었다. 제냐의 침대로 건너가 꼭 안아 주는 것밖에 해 줄 수 있는 게 없었다. 여기 있는 아이들 모두 무섭고 외로울 것이다. 모두가 잠든 고요한 밤이었다.

나는 제냐의 어깨에 가만히 손을 올렸다.

"괜찮아질 거야."

제냐는 머리를 가만히 흔들었다.

"다 소용없어. 나는 세상에 혼자 남았어."

나 역시 두렵고 힘들지만 라리사가 살아 있다는 희망이 있었다.

"하지만 우리에겐 희망이 있잖아."

제냐가 가까이 다가오더니 내 귀에 대고 나지막하게 속삭였다.

"나는 유태인이야."

심장이 덜컥 내려앉았다. 이곳에 유태인을 상징하는 노란 별 배지를 단 포로는 아무도 없었다. 제냐가 살아남은 것은 기적이었다. 나는 나치가 마을에 쳐들어왔을 때를 기억한다. 처음에는 소련군이 아닌 독일군이 와서 마음이 놓였다. 소련군보다 더 나쁜 군대는 없을 거라고 생각했기 때문이다. 독일군이 쳐들어오기 며칠 전, 소련군이 우크라이나 인을 수천 명 죽였는데 우리 아빠도 그중 한 명이었다. 나에게는 사라라는 친구가 있었다. 우리 집처럼 사라네 가족도 독일군에게 희망을 걸었다. 독일은 그래도 좋은 나라라고 생각했기 때문이다. 하지만 독일군은 유태인을 모두 총살했다. 엄마는 사라 가족을 숨겨 주다가 함께 총살당했다. 라리사와 나는 다락방에 숨어서 총소리를 들어야 했다. 소련군과 독일군의 차이는 하나뿐이었다. 소련군은 밤에 사람을 죽이고, 독일군은 낮에 사람을 죽인다는 것.

제냐가 유태인이라는 사실이 알려지면 여기서 바로 죽는 걸까. 나는 목에 걸린 십자가를 만지작거렸다. 나는 아무것도 못 하고 친구 사라를 잃었다. 내가 제냐를 도울 방법이 없을까. 십자가 목걸이는 값진 보석은 아니지만 내가 유태인이 아니라는 걸 증명하는 징표였다. 십자가 목걸이를 제냐에게 주면 어떨까. 부모님이 남긴 하나뿐인 물건인데 괜찮을까. 하지만 제냐는 나보다 더 큰 것을 잃게 될지도 몰랐다.

나는 목걸이를 벗어서 입술에 대고 한동안 가만히 있었다. 그리고 제냐의 손에 목걸이를 쥐어 주었다.

"이걸 하고 다녀."

제냐는 눈에 눈물이 가득할 뿐 아무 말도 하지 못했다. 제냐의 마음을 이해할 수 있을 것 같았다. 십자가 목걸이를 거는 건 제냐에게는 부모님이 목숨을 걸고 지키려고 했던 종교를 저버리는 일이니까. 제냐도 나처럼 살아남아야 할 이유를 찾아야 한다.

"제냐, 네가 죽으면 전쟁이 끝나고 누가 이 끔찍한 일들을 말할 수 있겠어?"

제냐가 내 눈을 바라보았다. 그리고 십자가를 내려다보고는 골똘히 생각에 잠겼다. 시간이 흘렀다. 마침내 제냐는 한숨을 쉬고 나를 바라보았다.

"네 말이 맞아. 리다, 고마워."

제냐는 십자가 목걸이를 목에 걸었다.

5장
세탁실

잠이 들었다. 영국군이 끊임없이 도시에 폭탄을 떨어뜨리는 소리가 들렸다. 폭격은 점점 가까워져서 침대가 흔들리는 것 같았다. 어느덧 폭탄 소리가 희미해지고 라일락, 바닐라 푸딩, 벌레가 들어 있는 수프가 뒤섞인 냄새가 났다. 그리고 라리사가 겁에 질린 눈으로 가느다란 팔을 흔들며 소리쳤다.

"언니, 가지 마."

나는 동생을 붙잡으려고 했지만, 꿈이었다.

잠시 뒤, 아침 호루라기 소리가 들렸다. 나는 재빨리 침대에서 기어 나왔다.

침대를 정리하고, 화장실에 다녀오고, 찬물로 세수하는 데 주어진 시간은 30분이었다. 우리는 관리인이 시키는 대로 식당으로 가서 손바닥만 한 검은 빵 한 덩어리와 차라고 나누어 주는 갈색 물을 한 컵 받았다.

나는 제냐와 카타리나 사이에 앉아 빵 조각을 입에 넣었다. 지금까지 먹었던 빵과는 다르게 톱밥 맛이 났다. 하지만 쓰러질 만큼 배가 고팠기 때문에 천천히 씹어서 갈색 물과 함께 삼켰다.

제냐도 빵을 조금 떼어 먹더니 말했다.

"톱밥 맛이야."

우리는 식사를 겨우 마치고 그릇을 챙겼다. 관리인이 우리를 운동장으로 내보냈다.

"모두 여기 서 있어."

수용소에는 우리만 있는 것이 아니었다. 전에 우리에게 러시아 수프를 나눠 준 요리사가 보였다. 루카도 보였다. 화물차에 함께 실려 온 소년들과 줄을 서 있었다. 모두 나만큼 피곤하고 멍한 얼굴이었다. 루카가 뒤를 돌았을 때, 나와 잠시 눈이 마주쳤다. 나는 살짝 고개를 숙여 인사했다. 루카는 눈을 찡긋하고는 다시 앞을 보았다.

우리는 한 시간 정도 서 있었다. 마침내 중앙 건물의 문이 열리고 어제 봤던 장교가 나왔다. 손에는 종이를 들고 있었다. 뒤에는 군복을 입지 않은 남자가 목에 카메라를 걸고

삼각대를 들고 서 있었다.

"이름을 부르면 한 발짝 앞으로 나온다."

장교는 이름을 부르기 시작했다. 다리아, 카트야, 올레시아와 화물차를 함께 타고 온 소년 몇 명을 불렀다.

"너희는 나이가 십이 세 아래다. 일을 하지 않아도 좋다."

장교는 단호한 목소리로 말했다.

올레시아가 입가에 희미한 미소를 띠고 나를 쳐다보았다. 나이를 속이지 않아서 다행이라고 생각하는 것 같았다.

장교는 종이에서 눈을 들어 줄 서 있는 나머지 아이들을 쳐다보았다.

"아직 이름이 불리지 않은 십이 세 미만이 있나?"

나는 최대한 어깨를 펴고 키가 커 보이도록 했다. 거짓말을 들키고 싶지 않았다. 화물차에 실려 올 때 여자가 수프 통을 실으며 속삭이던 말을 기억했다. 쓸모가 없으면 죽일 거라고 했던 말을. 나와 멀지 않은 곳에 카타리나 피치가 서 있었다. 쳐다보려고 하지 않아도 눈에 들어왔다. 카타리나도 앞으로 나가지 않았다.

"분명 십이 세 미만이 몇 명 더 있다는 걸 안다. 아직 나오지 않았다."

나는 이름이 불릴까 봐 꼼짝도 하지 않고 가만히 있었다.

숨을 쉴 수가 없었다. 카타리나도 얼어 있었다.

뒤에서 발걸음 소리가 났다. 타티아나가 앞으로 걸어 나갔다. 타티아나는 분명히 열두 살이 넘었는데…….

"저쪽으로 가."

장교가 손짓을 했다. 사진사가 한 명씩 사진을 찍었다. 그 사이 7번 막사 관리인이 돌아다니며 한 명씩 살펴보더니 내 앞을 가로막았다.

"너도 저쪽으로 가서 사진 찍어."

"전 열세 살이에요."

나는 떨리는 목소리에 힘을 주어 말했다.

"넌 너무 작아. 일할 필요 없어."

관리인이 나를 막대기로 밀쳤다. 그때, 어린아이들 무리에 서 있는 올레시아와 눈이 마주쳤다. 올레시아가 이렇게 말하는 것 같았다.

'리다, 사실을 말해. 나이가 어리다고 말해. 그게 더 안전해.'

하지만 그렇게 말할 수 없었다. 내 느낌은 올레시아가 틀린 것 같았다. 나이가 많고 쓸모 있는 편이 더 안전할 거야. 동생을 찾으려면 꼭 살아야 해. 나는 마음속으로 내가 옳기를 간절히 기도했다.

장교의 차가운 푸른 눈과 마주쳤다. 나는 얼른 칼같이 다려진 장교의 군복으로 눈을 피했다. 단추 하나가 약간 늘어져 있었다. 깃도 약간 해어졌다.

"장교님은 옷을 수선해 주는 사람이 없으시지요?"

장교는 느슨한 단추를 잠시 만지작거리더니 눈살을 찌푸렸다.

"어떻게 알았지?"

"그 단추는 다시 단단하게 매듭을 지어 줘야 해요. 그리고 해어진 깃을 수선하려면 바느질 솜씨가 좀 있어야 할 것 같아요."

장교의 한쪽 눈썹이 치켜 올라갔다. 나를 꿰뚫어보듯이 살피더니 OST 배지의 꼼꼼한 바느질로 눈이 옮겨 갔다. 그러고는 내 배지를 만져 보았다.

"이 바느질을 네가 했나?"

"네."

"조그만 러시아 여자아이가 꽤 재주가 있군. 신기한 일이야."

관리인이 장교의 비웃음에 답이라도 하듯이 고개를 끄덕였다. 숨이 막힐 것 같았다.

"사진을 찍은 뒤에 저쪽으로 가서 서 있도록."

장교는 나를 쳐다보며 중앙 건물 사무실을 가리켰다.

잠시 뒤, 나는 그릇을 한 팔에 끼고 굳은 얼굴로 사무실 앞에 서 있었다. 장교가 화물칸에 탔던 여자아이 몇 명과 남자아이 한 명을 어린아이들 무리로 보내는 것이 보였다. 루카 차례에서는 멈추지 않고 그냥 지나쳤다.

마침내 장교가 부하에게 소리쳤다.

"나이 많은 아이들도 사진 찍고 작업장으로 데려가."

열두 살이 넘은 아이들은 모두 사진을 찍고 기차를 타러 나갔다. 남겨진 어린아이들의 얼굴에는 안도감이 번졌다. 장교가 대기하고 있던 또 다른 부하를 손짓으로 불렀다.

"이 아이들은 병원으로 데려가."

병원이라고? 루카가 병원에는 가지 말라고 했다. 올레시아와 다른 아이들에게 무슨 일이 일어나는 건 아닐까. 나의 상상력은 수백 가지의 안 좋은 생각들로 뻗어 나갔다. 루카가 잘못 알았기를 간절히 바라면서.

올레시아는 떠나면서 뒤를 돌아보고 나에게 손을 흔들었다. 처음으로 보는 행복한 얼굴이었다. 나는 불길한 느낌이 들어서 토할 것만 같았다.

장교가 뚜벅뚜벅 나에게 걸어왔다.

"네가 내 옷을 수선하겠다는 건가?"

장교의 입은 웃고 있지만 눈은 여전히 차가웠다. 내가 무슨 짓을 하고 있는 건지 모르겠다. 장교는 나를 그대로 지나쳐서 사무실로 들어갔다. 명령을 내리지 않았는데 따라가야 할지 밖에서 더 기다려야 할지 알 수 없었다. 나는 명령을 기다리면서 서 있기로 했다.

문이 닫혔다.

몇 분을 기다렸다. 아니, 한 시간가량 지난 것 같았다. 손이 차갑게 굳고 발은 시퍼렇게 얼었다. 톱밥 맛이 나는 빵이 가슴에 꽉 막혀 내려가지 않았다.

문이 열렸다. 장교가 제복 단추를 푼 채로 나와서 눈썹을 찌푸렸다.

"내 수선사가 되겠다고 하지 않았나?"

"네, 그렇습니다."

입술이 덜덜 떨렸다.

"그럼 가서 바느질을 해."

"알겠습니다."

실과 바늘과 수선할 옷도 없이 바느질을 하라는 말인지, 수선사가 아니라 마술사가 되라는 말인지 묻고 싶었지만 나는 최대한 예의 바르게 물었다.

"어디로 가서 바느질을 할까요, 장교님?"

장교는 다시 사무실로 들어가서 누군가에게 전화를 걸었다. 그리고 문을 닫았다. 나는 계속해서 밖에서 기다렸다.

몇 분이 지나자, 얼굴이 붉고 다리가 굵은 여자가 성큼성큼 걸어와서 물었다.

“네가 바느질을 할 아이니?”

나는 고개를 끄덕였다.

“그럼 가자.”

여자를 따라 벽돌 건물에 들어서자, 수증기가 뭉게뭉게 쏟아져 나왔다. 따듯했다.

“어서 들어와. 열기가 빠져나가면 안 돼.”

수증기가 걷히자, 비눗물이 담긴 기계 안에서 하얀 천과 수건이 앞뒤로 왔다 갔다 하는 것이 보였다.

“이건 세탁기고, 내 이름은 잉게야. 지금부터 나를 도와주면 돼.”

“저는 옷을 수선하는 줄 알았어요.”

잉게 아줌마는 나를 보더니 헛웃음을 지었다.

“내가 세탁을 끝내면 네가 수선을 할 거야. 네가 수선을 제시간에 끝내지 못하면 혼이 날 텐데 내 책임은 아니야. 하지만 내가 세탁을 제시간에 끝내지 못하면 그땐 너한테도 책임이 있어.”

지금은 따질 입장이 아니었다. 잉게 아줌마에게 내가 쓸모 있다는 것을 보여 줘야 했다. 아주 큰 도움이 돼서 나를 지켜 주고 싶을 만큼.

잉게 아줌마가 허리에 손을 짚고 나를 위아래로 살펴보았다.

"그 옷을 입고 일하면 빨래에 때가 묻겠어. 옷을 벗으렴."

"OST 배지는 어떻게 해요? 절대로 배지를 떼지 말라고 했어요."

"여기선 내가 시키는 대로 해. 먼저 씻고 와."

잉게 아줌마가 찬장을 열고 비누와 보송보송한 흰 수건을 던져 주었다. 그리고 내가 뜨거운 물과 진짜 비누로 행복한 샤워를 마치자, 표백제 냄새가 나는 작업복을 건넸다.

"세탁실에 오면 작업복을 입도록 해. 일을 마치고 나가기 전에는 원래 옷으로 갈아입어."

나는 작업복을 입고 빨래를 헹궈서 탈수기에 넣고 물을 짜내는 일을 도왔다. 잉게 아줌마와 나는 빨래를 두 번 헹구고 세 번째에 물기를 짜냈다. 무거운 빨래를 붙잡고 있느라 팔이 빠지는 듯했다. 허리가 부러질 듯이 아팠다. 하지만 무엇보다 몸이 따듯해서 살 것 같았다.

세탁을 다 마치고는 잉게 아줌마를 도와 뒤뜰에 있는 빨랫줄에 빨래를 널었다. 날씨가 너무 추워서 바싹 마르지는 않을 것 같았다. 빨래가 바람에 펄럭이는 동안 우리는 두 번째 빨래 더미를 빨기 시작했다. 배가 고파서 정신이 몽롱했다. 시간이 얼마나 지났는지 모르겠다. 하지만 아직까지 바느질은 시작도 하지 못했다.

호루라기 소리가 들려왔다.

"점심시간이구나. 옷을 갈아입고 식당에 가서 식사를 마치자마자 돌아와."

"네, 알겠습니다."

깨끗한 작업복을 반듯하게 개어 놓고, 다시 죽은 벼룩이 붙어 있는 옷을 입으려니 더욱 더럽고 초라하게 느껴졌다.

잉게 아줌마가 안됐다는 눈으로 나를 바라보았다.

"너는 나이에 비해 아주 열심히 일하는 편이야."

칭찬을 듣자, 힘든 마음이 달아나는 것 같았다. 내가 쓸모가 있다니. 그럼 내가 죽지 않을 수 있다는 얘기일까. 나에게 바느질을 시켜 준다면 빨래보다 더 잘할 수 있을 텐데…….

"고맙습니다."

나는 잉게 아줌마에게 인사를 하고 그릇을 챙겨서 세탁실을 나왔다.

6장
바느질하는 아이

식당은 아침식사 때보다 조용했다. 탁자에는 아무도 없고 내 앞에 몇 명이 줄을 서 있을 뿐이었다. 요리사가 사람들에게 죽을 퍼 주는 모습을 멍하게 바라보았다. 폴란드인, 아리아 인, 그다음이 내 차례였다.

요리사가 내 배지를 보더니 국자를 내려놓고 러시아 수프 통으로 갔다. 다른 국자로 수프를 담아 주었다. 어제 먹던 것과 같았다. 멀건 국물에 오트밀 몇 알과 무와 감자 한두 조각이 떠 있었다. 요리사는 컵에 뜨거운 갈색 물을 담아 주고 나서 국자를 내저었다.

"비켜. 너 때문에 줄이 밀려 있잖아."

뒤를 돌아보니 아무도 없었다.

그릇을 들고 탁자에 가서 앉았다. 문과 마주 보는 자리였다. 루카가 들어오면 좋겠다. 제냐나 카타리나라도 좋겠다.

"여기 앉아도 될까?"

뒤를 돌아보니 헝가리 소녀가 있었다. 나를 열등한 인간으로 생각한다면서 왜 함께 앉아서 밥을 먹으려고 하는지 알 수가 없었다.

"내 허락을 받을 필요는 없어."

헝가리 소녀는 나와 라리사를 떼어 놓은 간호사가 입었던 옷과 비슷한 옷을 입었다. 하지만 소녀의 옷은 회색으로 바랬다. 맞은편에서 고기 냄새가 났다. 배 속에서 난리가 났다. 저 아이는 이렇게 많은 빈자리를 두고 왜 하필 내 앞에 앉았을까. 식당 안을 둘러보았다. 헝가리 소녀 또래의 어린 아이는 나뿐이었다. 나는 수프를 한가득 떠서 꿀꺽 삼켰다.

헝가리 소녀가 수프를 뜰 때마다 소매에 묻은 선명한 핏자국이 눈에 띄었다. 이 소녀는 어디에서 일하는 걸까.

"넌 기차 안 타지? 다행이야."

헝가리 소녀가 말했다.

"다른 아이들은 밥 먹으러 안 와?"

헝가리 소녀가 고개를 고개를 끄덕였다.

"시간이 너무 많이 걸려. 일하는 곳이 모두 다르니까. 어떤 아이들은 바위를 나르고, 어떤 아이들은 공장에서 일해.

그래서 각자 일하는 곳에서 밥을 먹게 해."

카타리나는 바위를 나르지 못할 텐데. 루카와 제냐도 공장 기계를 다루지 못할 텐데. 아이들은 어디서 무엇을 하고 있을까. 나는 모두가 쓸모 있다는 걸 보여 주고 살아남기를 기도했다.

"너는 여기에 얼마나 있었어?"

나는 수프에서 눈을 떼지 않은 채로 물었다.

"여섯 달."

나는 놀라서 고개를 들었다. 헝가리 소녀는 어제처럼 우쭐해하지 않았다. 눈이 빨갛고 눈물이 가득 차 있었다. 이 소녀는 어디서 무슨 일을 하는 걸까.

"내 이름은 줄리야. 넌 이름이 뭐니?"

"리다."

"이름 예쁘다."

줄리가 손등으로 눈물을 닦았다.

"네 이름도 예뻐."

줄리가 살짝 미소를 지으며 말했다.

"어제는 못되게 굴어서 미안해."

나는 수프를 떠서 입에 넣으며 고개를 끄덕였다.

"점심시간까지 얼마나 남았지?"

"식사 시간은 한 시간이야."

줄리가 숟가락으로 고기와 감자를 뜨며 말했다. 어제와 다르게 줄리는 고기를 씹으면서 나에게 미안한 표정을 지었다.

"너랑 나눠 먹고 싶지만, 그랬다가는 총살당할 거야."

나는 고개를 끄덕였다. 그렇게 말해 주니 고마웠다. 줄리가 고기와 감자 조각을 뜨는 모습이 자꾸만 보였다. 한 숟가락만 먹을 수 있다면 얼마나 좋을까.

"넌 어디서 일해?"

줄리가 물었다.

"세탁실."

"괜찮은 곳이야."

"너는?"

"병원."

줄리는 갑자기 끔찍하다는 듯 몸서리를 쳤다.

"오늘 아침에 병원으로 끌려간 어린아이들이 몇 명 있어. 다리아, 타티아나, 카트야, 올레시아야. 혹시 그 애들 본 적 있어?"

줄리가 멍한 눈으로 나를 바라보더니, 대답 대신 수프를 떠서 입에 넣었다. 나는 숟가락을 내려놓고 줄리의 얼굴을 똑바로 쳐다보았다.

"지금 내가 물었잖아."

줄리는 수프를 삼키더니 한숨을 내쉬며 작은 소리로 말했다.

"여기선 묻지 않는 게 좋아."

나는 주위를 둘러보았다. 우리한테 관심을 기울이는 사람은 아무도 없었다. 줄리는 왜 대답을 하지 않으려고 할까.

"정말 내가 들은 대로 병원은 끔찍해?"

줄리가 대답 대신 부탁하는 눈으로 나를 쳐다보았다. 더 이상 물으면 안 될 것 같았다.

"빨리 먹자. 6시에 일을 마치기 전까지 딱 한 번 있는 휴식 시간이야. 다 먹고 나면 그릇 씻어서 갖다 놓고 병원에 다시 가야 해."

다른 사람들이 수프를 마시듯 먹는 것이 보였다. 나도 남은 수프를 마셔 버렸다. 썩은 무 조각이 목구멍으로 그대로 넘어갔다. 그릇에 입을 대고 마지막 한 방울까지 마셨다. 줄리도 나처럼 했다. 컵에 담긴 갈색 물도 마셨다. 아침에 마신 차와 맛은 달랐지만 먹기 힘들 정도로 맛없는 건 같았다. 줄리는 빨리 식당에서 나가고 싶은 듯 서둘러 일어났다.

세탁실로 돌아오자, 잉게 아줌마는 식사 중이었다. 탁자에는 유산지 위에 머스터드가 발린 먹음직스러운 샌드위치가 놓여 있었다. 아줌마가 신선한 호밀 빵과 두꺼운 햄으로 만든 샌드위치를 베어 물었다. 맛있는 냄새 때문에 다리에 힘이 풀리는 것 같았다. 빵 부스러기라도 먹을 수 있다면 얼마나 좋을까.

"옷 갈아입고 와."

잉게 아줌마가 또다시 샌드위치를 베어 물자 햄이 빵 사이로 삐져나왔다.

"줄에서 빨래 좀 걷어다 놔. 금방 갈 테니까."

빨래는 얼어붙어서 빳빳했다. 나처럼 작은 아이가 걷기에는 양이 많았다. 하지만 나는 쓸모 있다는 것을 증명해야 하니까. 나는 잉게 아줌마가 샌드위치를 다 먹을 때까지 침대보 네 장을 걷어다 개어 놓았다. 아줌마는 나를 칭찬하지는 않았지만 일거리가 줄어들어 기분이 좋은 표정이었다.

세탁실 안으로 들어오자 꽁꽁 언 손과 발이 아려 왔다.

"이제 다림질을 시작해야 해."

나는 아줌마를 따라 세탁실 뒷방으로 갔다. 거대한 스팀다리미는 마치 손잡이가 달린 관처럼 보였다. 나에게 이 기계를 다루라고 하면 어떡하지. 사다리를 타고 올라가야 겨우 손잡이를 잡을 수 있을 텐데. 구석에 놓인 탁자를 밟고 올라가면 겨우 손잡이를 잡을 수 있을 것 같기도 했다.

"내가 다림질을 할 동안 너는 바느질을 해."

정말 다행이었다.

나는 빨래 더미에서 맨 첫 장을 집어 빨래 개는 탁자 위에 펼쳤다. 그리고 손끝으로 침대보 가장자리를 훑었다.

"이 솔기를 꿰매라는 거지요? 다시 박음질하지 않으면 다 떨어져 버릴 거예요."

"맞아. 그걸 하라고 부른 거야."

잉게 아줌마는 거대한 다리미가 뜨거워질 동안 나에게 할 일을 지시했다.

"재봉틀을 사용하면 더 빠르고 깔끔하게 박음질할 수 있겠지만 재봉틀은 모두 군복을 만드는 데 사용하고 있어."

"지금 시작해도 될까요? 손바느질로 하려면 시간이 오래 걸려서요."

잉게 아줌마가 선반에서 등나무로 만든 바느질 바구니를 꺼냈다. 색과 굵기가 각각 다른 실패들과 다양한 크기의 바늘들이 검정색 벨벳 바늘꽂이에 꽂혀 있었다. 자그마한 실 끼우개도 있었다. 군대에서 쓰기에는 너무 앙증맞았다.

나는 시간을 아끼려고 큰 탁자에 침대보를 펼치고 의자

를 바짝 당겨 앉았다. 바늘꽂이에서 가장 얇은 바늘을 뽑아서 흰 실을 꿰었다. 해어진 침대보 가장자리를 두 번 접은 뒤 엄지손톱을 자 삼아서 촘촘하게 브이 자 모양으로 바느질하기 시작했다.

잉게 아줌마가 곁에 서서 내가 바느질하는 모습을 지켜보았다.

"잘하는구나. 솜씨가 좋아."

나는 대답 대신 고개를 살짝 숙이고는 바느질을 계속했다. 장교에게 내가 쓸모가 있다는 것을 증명하려면 많은 양의 바느질을 완벽하게 해야 했다.

잉게 아줌마는 거대한 스팀다리미를 들고 젖은 빨래와 씨름하기 시작했다. 독일 노래를 흥얼거리면서. 나는 노랫말을 알아듣지 못하기 때문에 조용히 바느질만 했다. 침대보 한 장을 다 꿰매고 나서 허리를 펴자, 잉게 아줌마가 침대보를 가져가서 박음질을 살폈다.

"잘했구나. 다림질만 하면 아주 새것 같겠어."

아줌마는 수선한 침대보를 다림질했다. 반듯하게 펴진 침대보는 아주 말끔해 보였다. 바느질이 재봉틀로 박은 것처럼 아주 촘촘하게 잘됐다.

"바느질에 대해서는 믿어도 되겠구나."

잉게 아줌마는 장교의 군복 재킷과 셔츠를 가져다주었다. 군복에서 희미하게 담배 냄새와 땀 냄새가 났다. 나는 굵은 바늘을 집어 들고 튼튼한 회색 실을 꿰어 느슨해진 단추를 다시 달았다. 쉬운 일이었다. 해어진 깃을 수선하는 건 조금 까다로웠지만 차근차근 바느질했다.

잉게 아줌마는 옷을 받아 들고 불빛에 이리저리 비추어 검사했다. 그리고 미소를 지었다.

"이만하면 됐어. 다림질한 침대보도 바느질하렴. 네가 수선을 마치면 가장자리를 다리미로 한 번 더 누를게."

다림질한 침대보는 부드럽고 따듯해서 바느질하기가 쉬웠다. 오후 6시에 하루 일을 마치는 호루라기가 울릴 때까지 나는 침대보 두 장의 솔기를 모두 박음질하고 셋째 장을 반 이상 바느질하고 있었다. 바늘에 손가락을 몇 번 찔렸지만 다행히 피 한 방울도 침대보에 떨어뜨리지 않았다. 손가락과 등을 펴지 못할 정도로 힘들었지만, 마음은 뿌듯했다. 더구나 따듯하고 깨끗한 세탁실은 일하기에 아주 좋은 곳이었다.

세 번째 침대보까지 끝내고 싶었지만 늦게 돌아가는 모습을 보면 장교가 일하는 속도가 느리다고 생각할까 봐 걱정이 되었다.

"장교에게 군복을 가져다줄 때 리다 네가 일을 잘한다고 말해 줄게. 이제 그만 마무리하고 내일 보자."

잉게 아줌마는 내가 바느질을 그만 끝내기를 기다리며 발을 까딱거렸다.

7장
핏자국

따듯한 세탁실에서 나오자마자 찬 바람이 코로 밀려들어 왔다. 길 위의 자갈들이 얼음 조각처럼 미끄러워서 넘어질 뻔했다. 샤워장에 갔더니, 줄리가 미친 듯이 손을 문질러 씻고 있었다. 그러고는 소매에 묻은 핏자국에 표백제를 뿌리고 문질렀다. 핏자국이 붉게 번졌다. 피를 씻어 내야 하는 날이 얼마나 많았을까. 그래서 줄리의 손은 퉁퉁 붓고 까슬하게 부르텄다.

줄리는 내가 자기 손을 보고 있다는 것을 알아차리고 허리 뒤로 감추었다. 핏자국에 대해서 묻고 싶지만 지금은 물으면 안 될 것 같았다.

"다들 어디에 있어?"

"기차가 아직 도착하지 않았어. 모두 태워서 오려면 삼십

분 정도는 더 걸릴걸."

멀리까지 나가서 일하고 돌아오는 아이들은 얼마나 힘들까. 내가 얼마나 좋은 곳에서 일하고 있는지 새삼 감사했다. 나는 표백제를 아주 조금 사용해서 찬물에 손을 씻었다. 벼룩이 다시 생기지 않으려면 깨끗해야 한다. 바늘에 찔린 손끝이 따가웠다.

줄리는 나를 기다리는 듯 옆에 서 있었다.

"오늘 세탁실 일은 어땠어?"

"잘 해냈어. 잉게 아줌마가 바느질을 마음에 들어 했어."

"다행이다."

아직 샤워장에는 아무도 오지 않았다. 우리 둘뿐이었다. 나는 줄리를 마주 보며 물었다.

"줄리, 부탁이야. 아침에 병원에 간 어린애들을 본 적이 있는지 말해 줘."

줄리가 갑자기 눈물을 흘리며 바닥에 주저앉았다.

"봤어. 하지만 더 이상 묻지 마. 잊어버려. 부탁이야."

무척 실망스러웠다. 아이들이 어떻게 됐는지 정말 궁금한데. 끔찍한 현실을 마주하는 것보다 모르고 있는 게 더 답답한데.

"나는 알아야겠어, 줄리."

줄리는 떨리는 마음을 가라앉히려고 크게 숨을 쉬었다. 그리고 바닥을 물끄러미 내려다보았다.

"그 아이들이 다 어떻게 되었는지는 몰라. 모두가 같은 운명은 아니야."

"하지만 그 애들을 봤잖아."

줄리가 소매에 남은 분홍색 얼룩을 한참 동안 만지작거렸다.

"피……, 그 아이들한테서 피를 빼."

머릿속이 하얘졌다. 나는 정신을 가다듬고 겨우 입을 열었다.

"무슨 말인지 모르겠어."

"아이들 팔에 바늘을 꽂아서 피를 뽑아. 아주 많이."

올레시아의 팔에 바늘이 꽂혀 있는 모습이 그려졌다. 올레시아는 무척 겁이 많은 아이였는데……. 그럼 내 동생 라리사는 어떻게 되었을까. 간호사가 라리사한테도 피를 뽑았을까. 이런저런 생각에 머리가 복잡해졌다.

"왜 피를 뽑아?"

"나치군한테 피를 보내기 위해서야. 전쟁 중에 많이 다치면 어린아이들한테서 뽑은 피로 치료해."

천장이 빙글빙글 도는 것 같았다. 나치는 정말 우리를 전쟁에 필요한 물건으로밖에 여기지 않는 걸까. 나는 그만 무릎에 힘이 풀려 바닥에 주저앉고 말았다.

줄리가 내 머리를 자기 무릎에 뉘었다. 뜨거운 눈물이 내 이마 위로 뚝뚝 떨어졌다.

"아주 끔찍하지. 나도 알아. 그래서 아이들이 편안하도록 최선을 다해. 대부분 자는 동안 죽거든. 전쟁 통에 이 정도면 나쁘지 않은 죽음이라고 생각할 뿐이야."

작은 올레시아가 피를 흘리면서 죽어 가는 모습을 생각하니 몸이 떨렸다. 올레시아는 자신의 선택이 옳다고 얼마나 자신만만했던가. 다른 소녀들도 떠올랐다. 다리아, 카트야. 심지어 타티아나는 나이를 어리게 속였는데……. 7번 막사에 모여서 자기소개를 하던 때가 떠올랐다. 얼마 되지 않은 이야기인데, 이제 그 아이들은 이곳에 없었다.

미안함이 밀려들었다. 내가 나이를 속이지 않고 앞으로 나갔더라면, 장교가 타티아나에게 들어가라고 했을지도 모른다. 나한테도 친구들의 죽음에 대한 책임이 있는 걸까. 손가락을 들어 바늘에 찔린 붉은 자국들을 바라보았다. 나는 아파도 된다. 비겁한 아이니까.

자꾸만 눈물이 났다. 죽은 아이들이 생각나서 울고, 살아 있는 우리들이 걱정돼서 울었다. 동생을 위해 기도했다. 부디 이것이 라리사의 운명이 아니기를. 그리고 부모님을 생각하며 울었다. 소련군과 나치군에게 죽은 모든 어른들을 생각했다. 눈물이 자꾸만 차올라서 숨이 막힐 것만 같았다.

줄리가 내 등을 어루만져 주었다.

"네 나이에도 이렇게 살아 있어서 기뻐. 내 옷이 너의 피로 물드는 건 상상도 할 수 없어."

줄리의 말 한 마디, 한 마디가 나의 마음을 찔렀다. 한참 뒤에 눈물을 그치자, 줄리가 나를 부축했다.

"넌 그 아이들한테 무슨 일을 해?"

줄리가 몸을 떨면서도 내 눈을 똑바로 보려고 애썼다.

"의사가 피를 뽑고 나면 뒷정리를 해."

하지만 이내 땅이 꺼질 듯이 긴 한숨을 쉬고는 나에게 기댔다.

"의사와 간호사가 쉬러 가면 아이들이 편히 쉴 수 있게 노래를 불러 주고 물도 가져다줘. 내가 더 해 줄 수 있는 일이 뭘지 늘 생각해."

우리 둘은 샤워장에서 부둥켜안고 오랫동안 울었다.

8장
회색 유령

문이 벌컥 열렸다. 제냐와 카타리나가 들어오다가 우리 몸에 걸려 넘어질 뻔했다.

"누워 있기에는 바닥이 찰 텐데."

나는 대답하려고 고개를 돌리다가 숨이 멎을 뻔했다. 눈앞에 서 있는 건 사람이 아니라 유령이었다. 모두 머리부터 발끝까지 먼지를 뽀얗게 뒤집어쓴 채 붉은 입술만 공중에 떠 있었다.

줄리가 나를 일으켜 세웠다. 배고픔, 공포, 두려움으로 머리가 어지러웠다. 제냐의 우스꽝스러운 모습을 보고도 기분이 나아지지 않았다.

"그게 뭐야?"

"금속 먼지야. 공장에서 연마기로 기계의 부품을 곱게 가는 일을 했거든."

제냐가 손으로 먼지를 툭툭 털어낸 뒤 샤워기를 틀어 몸을 씻었다. 희뿌연 먼지가 하수구로 흘러갔다.

"공장에 창문도 환풍기도 없어. 먼지가 안개 낀 것처럼 자욱해."

제냐는 서서히 회색 유령에서 사람으로 변해 갔다. 나는 제냐의 뒷목과 정수리에 쌓인 먼지를 씻어 주었다. 내가 준 십자가 목걸이에도 빼곡히 먼지가 쌓여 있었다.

"먼지 속에서 일하면 건강에 좋지 않을 거야."

"내 생각에도 그래. 그래서 공장에 독일인은 없나 봐."

제냐가 기침을 하더니 회색빛 가래를 뱉었다.

제냐와 아이들이 샤워를 마칠 때쯤 다른 포로들이 돌아왔다. 표백제 냄새, 금속 먼지, 땀 냄새가 한데 섞여서 어지러웠다. 나는 샤워장을 급히 빠져나와서 찬 바람을 들이마셨다.

어느새 샤워장 밖으로 긴 줄이 구불구불하게 늘어서 있었다. 어린이와 어른 포로들이 뒤섞여 있었다. 아침에 본 얼굴들도 있었다. 대부분 제냐처럼 머리부터 발끝까지 회색 먼지를 뒤집어쓰고, 손발이 검댕에 그을렸다. 모두 금방이라도 쓰러질 듯 지쳐 보였다.

나는 루카를 찾아보았다. 루카도 회색 유령이 되어 남자 샤워장 앞에 줄을 서 있었다.

"너도 금속 공장에서 일해?"

루카가 고개를 끄덕였다.

"그래도 최악은 아니야."

그때, 군인이 나타나서 심술궂은 표정으로 박수를 두 번 쳤다.

"꾸물대지 마. 샤워를 마치면 바로 막사로 돌아가도록."

"얼른 가. 혼날지도 몰라."

루카가 속삭였다.

나는 지치고 배고프고 슬픔에 잠긴 채 7번 막사로 돌아왔다. 침대 끝에 걸터앉아 방 안을 둘러보았다. 지푸라기로 채워진 볼품없는 침대와 낡은 담요. 이렇게 작고 허름한 곳에서 어린 소녀들이 잠을 자는구나.

잠시 올레시아가 머물었던 침대를 바라보았다. 작은 올레시아를 다시 볼 수 없다는 사실을 믿기 힘들었다. 다리아, 카트야, 타티아나의 깔끔하게 정리된 침대도 살펴보았다. 눈을 감고 사라진 아이들을 위해 조용히 기도했다.

나는 침대에서 몸을 내밀어 위층 침대를 올려다보았다. 손이 닿을 것 같았다. 어른들도 이렇게 좁은 침대에서 잠을 잘까. 침대를 만든 사람들은 이 침대가 얼마나 불편한지 알까. 나는 담요를 돌돌 말아서 인형처럼 품에 안았다. 라리사는 지금 어디에 있을까. 내가 간절히 기도하면 동생에게 닿을 수 있을까. 라리사, 내 소중한 동생, 사랑해. 내가 너를 꼭 찾을게. 제발 무사히만 있어 줘……. 라리사 생각을 하다가 깜빡 잠이 들었다. 그러다가 막사 문이 열리는 소리에 벌떡 일어나 앉았다.

관리인이 들어왔다.

"거기 너, 신입에게 자리를 정해 주도록."

얼마 뒤, 머리를 짧게 깎은 세 명의 소녀가 따라 들어왔다. 모두 옷에서 벼룩약 냄새가 나고, 가슴에는 노란 다이아몬드 모양에 보라색으로 대문자 P가 씌어진 배지가 달려 있었다.

올레시아, 다리아, 카트야, 타티아나와 함께 잠을 자고 함께 일어나서 아침을 먹으러 갔는데, 지금은 그 아이들이 없다는 사실이 믿어지지 않았다. 세 명의 소녀를 보고 처음에는 화가 났다. 'P' 배지를 달았다는 건 우리보다 더 좋은 음식을 먹는다는 얘기였다. 그것만으로도 화가 나는데 죽은 친구들을 대신해서 왔다는 사실이 너무나 끔찍했다. 올레시아와 친구들이 돌아오면 얼마나 좋을까.

하지만 나는 폴란드 소녀들의 눈에서 두려움을 발견했다. 그래, 저 아이들의 잘못이 아니었다. 나도 처음부터 이 침대를 사용했던 것은 아니니까. 우리는 모두 전쟁 포로였다. 나는 화를 눌러 참으며 손을 내밀었다.

"내 이름은 리다야."

키가 크고 마른 소녀가 마디가 튀어나온 손을 내밀어 내 손을 잡았다.

"난 옥사나야. 얘는 내 동생 마르타."

옆에 있던 동생이 앞으로 나와서 내 손을 잡았다. 언니보다 조금 키가 컸다. 마르타의 초록색 눈가에서 눈물이 반짝거렸다.

"나는 나탈리아야."

마지막 소녀가 손을 내밀었다. 키가 작지만 몸이 단단해 보였다.

"너희 중에서 열두 살보다 어린 사람 있어?"

"난 열다섯 살이야. 마르타는 열네 살."

옥사나가 대답했다.

"나는 열네 살이야."

나탈리아도 대답했다.

"잘됐네. 절대 어리다고 말하지 마. 여기서는 열두 살을 넘어야 안전해."

나는 소녀들에게 빈 침대를 알려 주었다.

"우리도 알아. 수용소가 처음은 아니야."

옥사나에게 다리아의 침대를, 마르타에게 카트야의 침대를, 나탈리아에게는 타티아나의 침대를 정해 주었다. 올레시아의 자리는 남겨 두었다. 계속 비워 둘 수 있을까. 그럴 수는 없을 것이다. 하지만 아직은 올레시아의 침대를 새로운 아이가 쓰는 걸 보고 싶지 않았다.

세 아이가 자리를 정리하고 나자 제냐가 들어왔다. 뒤이어 수용소 밖으로 일을 나갔던 아이들이 들어오기 시작했다. 제냐는 더러워진 블라우스와 치마를 바닥에 벗어 놓았다. 그러고는 뻣뻣한 담요를 덮고 누웠다.

"리다, 우리 번갈아 가며 옷을 빨아 주자. 오늘 내 옷을 빨아 주면 내일은 내가 네 옷을 빨게."

제냐는 바닥에 벗어 놓은 옷을 나에게 건넸다. 나는 빨래를 부탁받은 나탈리아, 이반카와 함께 문을 나섰다. 벌써 주위가 어두워져 있었다.

"서둘러야 해. 7시에 불을 끄는데 지금 6시 반이야."

이반카가 말했다. 샤워장에는 엄마보다도 나이가 많아 보이는 비쩍 마른 여자가 있었다. 우리처럼 빨래를 부탁받았는지 넝마들을 돌로 문질러 빨고 있었다.

"새로 온 아이들이구나. 난 메리라고 해."

우리는 서로 소개를 하고 수도꼭지 앞에 쪼그려 앉았다.

메리 아줌마는 하수구를 나무 조각으로 막아서 통에 물을 채웠다. 하지만 금세 죽은 벼룩들과 새까만 표백제 찌꺼기가 물에 둥둥 떴다.

"물을 새로 받아도 될까요?"

"안 그래도 그러려던 참이었어. 마음대로 하렴."

우리는 찌꺼기를 하수구로 떠내려 보내고 빨래에 표백제를 약간 뿌렸다. 메리 아줌마가 나에게 돌멩이 하나를 건넸다.

"이걸로 문지르면 손으로 빠는 것보다 쉽게 깨끗해져."

나는 돌멩이를 받아 들었다. 제냐의 옷에서 놀라울 정도로 땟국물이 나왔다. 빨래를 마쳤는데도 옷은 여전히 더러웠다. 하지만 이것이 내가 할 수 있는 최선이었다.

"여기에 얼마나 있었어요?"

"여덟 달 정도 있었어. 처음에는 정신이 없을 거야."

"어디에서 오셨어요?"

"이르핀. 키예프 외곽에 있는 곳이야."

"어떻게 잡혀 왔어요?"

"군인들이 비밀 학교를 덮쳤어. 나치가 학교 문을 닫아서 비밀 학교에 다녔거든."

"그럼 선생님이었어요?"

메리 아줌마의 얼굴에 놀라움이, 얼마 뒤에 알겠다는 듯한 슬픈 표정이 지나갔다.

"내가 많이 늙어 보이지? 여기에 잡혀 왔을 때 열일곱 살이었어. 지금은……,"

호루라기 소리가 삑 울리자 메리 아줌마, 아니 메리 언니가 일어났다.

"십 분 뒤에 불이 꺼질 거야. 서둘러."

메리 언니가 서둘러 빨래를 짜고 문을 나섰다.

나탈리아와 이반카와 나는 물이 뚝뚝 떨어지는 옷을 들고 어둠 속을 걸어 7번 막사로 돌아갔다. 몸이 젖지는 않았지만, 얇은 옷 한 벌에 맨발로 3월의 밤공기 속을 걸으려니 몸이 떨렸다. 다른 포로들도 자기 할 일을 마치고 발걸음을 빨리했다.

"어떻게 여기에 오게 됐어?"

이반카가 나탈리아에게 물었다.

"우리가 있던 수용소에서 포로들이 좋은 음식을 달라고 싸우다가 총에 맞았어. 살아남은 포로들은 다른 곳으로 보내졌고. 우리 셋은 주방에서 일하고 있었는데 싸움을 하지 않았기 때문에 여기로 보내진 거야."

"고향이 어디야?"

이반카가 물었다.

"나는 리비프에서 왔어. 마르타와 옥사나는 드로호비치에서 왔고."

"너희들은 폴란드 인이야, 우크라이나 인이야?"

"폴란드."

"그래도 폴란드 인은 우리보다 좋은 음식을 먹을 수 있어."

이반카가 부러운 듯이 말했다.

7번 막사에 도착하자, 제냐가 블라우스와 치마를 침대 끝에 너는 것을 도와주었다. 내일 아침까지 다 마를지 알 수 없었다. 이 방을 따듯하게 해 주는 거라고는 겁에 질린 서른다섯 명 소녀들의 체온과 따듯한 바람이 15센티미터도 퍼지지 않는 작은 히터 하나뿐이었다.

나는 침대에 누워 얇은 담요를 머리끝까지 덮고 떨지 않으려고 몸에 힘을 줬다. 언제쯤 살을 에는 길바닥을 맨발로 걷는 데 익숙해질 수 있을까. 그나마 다행인 것은 따듯한 세탁실에서 일하게 되었다는 거다. 온몸의 근육이 뻐근하고 몹시 피곤하지만, 나는 오늘도 살아남았다.

올레시아, 다리아, 카트야, 타티아나를 생각했다. 어린아이들이라 끝까지 살아남도록 누군가 도와줄 사람이 필요했는데……. 나는 누군가가 동생 라리사를 도와주기를 기도했다. 부디 내가 동생을 찾을 때까지 잘 보살펴 주기를……. 눈을 감고 잠을 자려고 했지만 지독한 배고픔과 라리사 걱정 때문에 쉽게 잠이 들지 않았다.

그러다가 깜빡 잠이 들었다. 저녁 식사 시간 내내 잠들었다는 걸 알고는 가슴이 철렁 내려앉았다.

"누가 식사 시간에 나 좀 깨워 주지 그랬어."

뻣뻣한 담요가 바스락거리고 웃음을 참는 소리가 들렸다.

"이게 웃긴 일이야? 배고파 죽겠는데."

"우리 모두 저녁을 먹지 못했어."

제냐가 말했다.

톱밥 맛이 나는 빵 한 조각과 묽은 수프가 하루 식사의 전부라고? 메리 언니가 몇 달 사이에 왜 그렇게 빨리 늙어 버렸는지 알 것 같았다.

"여기서 나가면 가장 먼저 신선한 빵에 버터와 벌꿀을 듬뿍 발라서 먹을 거야."

나탈리아가 말했다.

"음식 얘기하지 마."

제냐가 나탈리아의 말을 막았다.

"그래, 모두가 이렇게 배고픈데 어떻게 신선한 빵과 버터와 꿀 얘기를 할 수 있어? 난 엄마가 만들어 준 초콜릿 케이크와 오빠가 숲 속의 비밀 장소에서 따 온 버섯을 넣은 수프 이야기는 절대로 하지 않을 거야."

이반카가 말했다.

꼬르륵꼬르륵, 배 속에서 아우성을 쳤다.

"우리 다른 얘기하면 안 돼?"

하지만 다른 얘기를 하다가도 결국은 음식 이야기로 돌아왔다.

그날 밤, 나는 할머니가 만들어 주던 양귀비 씨앗 쿠키를 먹는 꿈을 꾸었다.

아침 호루라기 소리가 울리고 하루가 시작되었다. 그리고 다음 날이, 그다음 날이, 그다음 날이 지나갔다. 시간은 슬픔, 배고픔, 추위와 함께 흘러갔다. 우리는 3월부터 5월에 들어설 때까지 쉬지 않고 일을 했다.

하루하루가 월요일 같았다. 우리는 해 뜨기 전에 일어나서 해 질 때까지 일했다. 보통 열두 시간씩 일했고, 더 많이 일하는 포로들도 있었다. 화물차에 탄 포로들이 끊임없이 수용소에 들어왔고, 언제든 새로 들어오는 포로들을 위한 자리가 남아 있었다. 토요일에는 낮 12시에 일을 마쳤다. 그리고 일요일이 되면 하루를 쉴 수 있었다.

OST 배지를 달지 않은 우수한 포로들은 토요일 오후와 일요일에 기차를 타고 마을에 나가는 것이 허락되었다. 몇몇 포로들은 독일인 집에서 집안일을 하고 돈을 받기도 했다. P 배지를 단 옥사나와 마르타 자매는 마을에 나가서 우리가 틈틈이 만든 물건들을 팔아다 주었다. 끝을 갈아 만든 스푼으로 버려진 나무에 새긴 조각품이나 내가 세탁실에서 몰래 가져온 천 조각에 수를 놓은 장식품들이었다. 아주 위험한 일이지만, 옥사나와 마르타는 거리에 물건들을 펼쳐 놓고 팔았다. 그것들을 판 돈으로 돼지기름이나 말고기 등을 사 왔다. 덕분에 7번 막사 아이들은 목숨을 이어 갈 수 있었다.

여름이 되자, 토요일 오후에 농부들이 수용소로 트럭을 몰고 왔다. 행운의 포로 몇 명만 데려가서 들에서 일을 시키는데 특별한 점호가 없을 때는 일요일 밤에 돌아왔다. 줄리와 나탈리아는 들에 나가서 일을 하는 운이 좋은 아이들이었다. 나도 OST 배지를 뜯어 버리고 그 애들과 함께 들에 나가고 싶었다. 하지만 OST 배지만 문제가 되는 건 아니었다. 자신을 증명하는 서류가 필요한데 나는 서류가 없었다.

토요일마다 한 농장에서 줄리를 데리러 왔다. 줄리는 농부 헤아 클레인 부부가 히틀러를 몹시 싫어하며 친절하고 너그럽다고 했다. 부부는 줄리에게 어린 딸과 함께 밥을 먹게 해 주고 가족과 똑같은 음식을 주었다. 부부에게는 독일 군대에 입대한 두 아들이 있는데, 둘 다 동부 전선에 나가 있다고 했다. 그 얘기에 나는 등골이 오싹해졌다. 동부 전선은 나의 나라 우크라이나이기 때문에…….

줄리는 음식을 몰래 숨겨 가지고 들어오다가 들키면 총살당할 수 있다는 규칙을 잘 알고 있었다. 하지만 기회가 될 때마다 음식을 몰래 가져다주었다. 한 번은 큼지막한 진짜 호밀 빵을 가져다주었고, 나는 기쁨의 눈물을 흘렸다.

나탈리아는 늘 같은 농장에 가지 않았다. 나탈리아는 일을 하고 돈을 받는 대신에 음식을 받아서 우리에게 나눠 주기도 하였다. 한 번은 커피콩을 한 줌 몰래 가지고 들어왔다. 7번 막사 아이들 모두 커피콩을 한 알씩 받았다. 나는 특별히 두 알을 받았다. 커피콩을 씹자 향기가 입안에서 터졌다. 하지만 그날 밤, 나는 잠을 못 이루고 밤새 뒤척였다. 라리사 걱정을 하면서. 라리사도 나처럼 수용소에서 살고 있을까. 라리사도 자신이 쓸모 있다는 걸 증명해 보였을까. 뜬눈으로 밤을 지새우고 아침 호루라기 소리를 들었다. 나는 커피콩이 아무리 맛있더라도 다시는 먹지 않겠다고 다짐했다.

꿈처럼 짧은 일요일에 루카와 나는 여자 샤워장 뒤에 앉아서 잡혀 오기 전의 이야기를 나눴다. 루카의 아빠는 약사였는데 공산주의자들이 약국을 덮쳤다고 했다. 루카의 아빠가 몰래 아픈 사람들을 돕고 루카에게 약 만드는 법을 알려 주었기 때문이다.

"이웃집에서 아빠를 신고했어. 아빠는 인민의 적이 되어 공개 재판을 받았어. 아빠가 몰래 도와준 사람들도 나와서 구경을 했지. 그 사람들을 욕하고 싶지는 않아. 어떻게 할 수 없었을 거야. 결국 아빠는 시베리아 유배 십 년 형을 받았어."

"지금은 어디에 있어?"

"내가 알기로는 아직 그곳에 있을 거야. 아니면 죽었을지도……."

"다른 가족도 있어?"

루카는 천천히 고개를 끄덕였다.

"엄마는 독일 어딘가에 살아 있을지도 몰라. 내가 잡혀 오기 전에 독일 강제 수용소에 잡혀갔거든."

"전쟁이 빨리 끝나면 좋겠다. 그러면 너는 부모님을 찾을 수 있고 나는 동생을 찾을 수 있을 텐데."

루카가 내 손을 꽉 잡았다.

"그때까지 건강하게 살아 있어야 해. 나는 여동생이 없지만 너를 보면 여동생 같아."

루카의 말이 내 마음을 위로해 주었다.

힘든 한 주가 지나고 일요일이 되면 너무 피곤해서 온종일 잠만 잘 때가 많았다. 잠은 슬픔과 배고픔과 추위에서 잠시나마 벗어나게 해 주었다. 가끔씩 일요일 아침 열 시부터 열한 시까지 발표회가 있었는데, 그때는 아무리 피곤해도 구경을 갔다. 우리 수용소에 노래를 잘 부르는 사람이 이렇게 많다니……, 놀라웠다. 어떤 사람들은 나무와 줄, 금속으로 엉성하지만 그럴듯한 악기를 만들어서 연주했다. 음악을 듣고 있으면 어디에서든 아름다움을 만들 수 있다는 엄마의 말이 떠올라서 끊임없이 눈물이 흘렀다.

8월이 되어 따뜻해지자 살 것 같았다. 처음 이곳에 왔을 때 너무 추워서 담요 한 장을 잘라서 내복을 만들고 싶었다. 하지만 우리가 쓸 수 있는 담요는 두 장뿐이고, 수용소에 몇 년 동안 있을지 모른다고 했다. 그래서 담요로 옷을 만들 수도 없고, 행여 누가 훔쳐 가지 않을지 잘 지켜야 했다.

잉게 아줌마는 나에게 세탁 일을 더 많이 시키지 않았다. 그래서 대부분 바느질을 하면서 시간을 보냈다. 할 일이 많아도 깨끗하고 따듯한 곳에서 일할 수 있고, 무엇보다 내가 세탁실에 꼭 필요한 사람이 되었다는 사실에 감사했다. 나는 침대보만 수선하는 것이 아니라 잉게 아줌마의 옷도 부탁을 받았다. 아줌마의 실로 짠 양말을 깁고, 플란넬 잠옷과 실크 가운을 수선했다. 또 장교의 양모 외투와 털이 둘러진 모자도 수선했다. 여러 옷감들을 볼 때마다 나와 친구들에게도 이런 옷이 있으면 좋겠다는 생각이 들었다. 우리도 양말을 신으면 발이 시리거나 아프지 않을 텐데. 우리도 깨끗한 원피스를 입으면 기분이 참 좋을 텐데.

후텁지근한 9월의 어느 날, 나는 용기를 내어 잉게 아줌마에게 내 옷을 세탁실에서 빨아도 되는지 물었다. 표백제를 뿌리고 돌로 문지르다 보니 한 벌뿐인 옷이 해어져서 조각조각 찢어질까 걱정이 되었기 때문이다.

내 부탁에 놀란 아줌마의 눈이 커졌다.

"나에게 권한이 있다면 허락했을 거야. 하지만 네 옷에서 벼룩이 나와서 독일군 빨래에 붙어 버리면 어쩌니?"

"여기에 있는 세탁 세제로 빨면 다 사라질 거예요. 그리고 누가 알겠어요?"

하지만 잉게 아줌마는 고개를 천천히 저었다.

"슈미트 장교가 네 옷만 특별히 깨끗하다는 걸 금세 알아차릴 거야. 나는 위험을 무릅쓸 수 없어."

9장
병원

10월의 어느 날 오후, 바느질할 옷을 무릎에 놓고 앉아 있는데 아주 가까이에서 쿵하는 소리가 들렸다. 땅이 앞뒤로 흔들렸다. 수용소에 폭탄이 떨어졌을까. 잉게 아줌마는 거대한 스팀다리미를 끄고 밖으로 나갔다. 나도 잉게 아줌마를 따라 건물 사이로 나갔다. 이미 군인들이 모여 있었다. 흰 작업복을 입은 줄리가 놀란 채 서 있었다. 마을을 향해 무언가를 찾는 눈치였다.

"저기에 폭탄이 떨어졌어."

줄리가 손가락으로 가리켰다. 나는 손으로 햇빛을 가리고 눈을 가늘게 떴다. 일 킬로미터쯤 떨어진 곳에서 연기가 구불구불 피어올랐다.

슈미트 장교가 중앙 건물에서 걸어 나와 군인들에게 말

했다.

"금속 공장이 폭격을 당했다고 방금 보고 받았다."

금속 공장은 루카와 제냐가 일하는 곳이었다. 나는 걱정과 두려움에 심장이 쿵쾅거렸다.

슈미트 장교가 잉게 아줌마에게 말했다.

"마을의 다른 건물들도 폭격을 당했다. 부상당한 포로들이 수용소로 오면 병원으로 즉각 옮겨야 한다. 응급 처치가 급하니 사람들을 모으도록."

"네. 주방 사람들과 함께 부상자를 옮길 작업반을 만들겠습니다."

잉게 아줌마가 장교에게 고개를 숙이고는 나에게 말했다.

"리다, 넌 부상자를 옮기기에 너무 작으니까 저 사람들을 따라 병원으로 가. 병상을 만드는 걸 도와줘."

잉게 아줌마는 급히 식당으로 달려갔다.

"리다, 나와 함께 가."

줄리가 내 손을 잡았다.

가장 가고 싶지 않은 곳이 병원이었는데, 어쩔 수 없었다. 병원에 도착하자 표백제 냄새가 강하게 났다. 깨끗한 곳이라고 생각하니 조금은 마음이 놓였다. 긴 나무 의자가 벽을 따라 놓여 있고, 안쪽 문 옆에 접수처라고 씌어 있는 유리벽이 있었다. 줄리는 접수처에 앉아 있는 여자에게 인사를 하고 안쪽 문을 열었다. 넓고 긴 복도를 따라 병실과 진료실이 있었다. 나는 병실을 지나칠 때마다 두려운 마음으로 안을 들여다보았다. 병실마다 침대가 여덟 개씩 있었다. 침대에는 우리 막사와 비슷한 지푸라기 매트가 깔려 있지만 깨끗한 흰 천으로 덮여 있었다.

첫 번째 병실은 비어 있었다. 두 번째 병실에는 두 명의 환자가 있었다. 마른 남자와 여자가 움직임 없이 누워 있었다. 환자라기보다는 시체처럼 보였다. 간호사와 의사는 보이지 않았다.

“저 사람들도 포로야?”

줄리는 대답하기 힘들다는 듯이 이마를 찌푸리며 손가락을 입에 댔다.

우리 소리를 들을 사람은 아무도 없는데……. 그 순간, 흰 가운을 입은 의사와 간호사들이 복도 끝에 있는 병실에서 나왔다. 의사는 차트에 무언가를 적으며 우리 쪽으로 걸어왔다. 우리와 가까워지자 그제야 고개를 들었다.

“병실을 정리하라고 새 인력을 보냈다고 들었다.”

“네, 선생님.”

줄리가 조심스레 고개를 끄덕였다.

"빨리 침대를 정리해. 부상자들을 태운 기차가 오고 있어."

의사와 간호사들은 서둘러 입구로 나갔다.

줄리는 선반에서 깨끗한 침대보를 꺼내 내게 건넸다. 그리고 병실을 알려 주었다. 주위에 아무도 없는 걸 확인하고, 나는 아까 본 환자들에 대해 다시 물었다. 그러자 줄리가 속삭였다.

"그 환자들은 독일인이야. 서서히 굶어 죽어 가고 있어."

"왜 나치가 독일 사람들을 굶겨?"

"더 이상 쓸모가 없어져서 그래. 여자는 관리인이었는데 암에 걸렸어. 남자는 군인이었는데 머리를 다쳤고."

나는 조용히 침대를 정리했다. 하지만 머리가 복잡했다. 병원은 환자를 낫게 하는 곳인데, 병원은 나한테서 동생을 빼앗아 간 곳이었다. 부상자들을 치료하기 위해서 건강한 어린아이들한테서 피를 뽑아 죽이는 곳이었다. 심지어 자기들과 같은 독일인을 쓸모가 없어졌다고 굶겨 죽이는 곳이었다. 나치들은 정말로 사람을 기계로밖에 생각하지 않는 걸까. 이곳에서는 누구든 일을 멈추면 죽게 된다. 내 동생은 어떤 기계가 되었을까. 나보다도 어린데 잘하고 있을까. 여러 가지 끔찍한 생각들이 머릿속에서 펼쳐졌다. 라리사가 살아남았을지 점점 자신이 없어졌다.

마지막 침대를 정리하고 쭉 둘러보았다. 이 병실은 환자가 살아나는 곳이 될까, 죽는 곳이 될까.

기차가 들어오는 소리가 들렸다.

"가자."

줄리가 재촉했다.

역으로 나가는 동안, 나는 병원에 대한 생각을 떨칠 수 없었다. 이곳에서 일하는 줄리가 원망스러운 건 아니었다. 자신의 힘으로 막을 수 없는 끔찍한 일들을 날마다 보는 줄리도 얼마나 괴로울까. 죽어 가는 두 명의 독일인이 마음에 걸렸다. 굶어 죽는 것은 긴 고통일 것이다. 환한 대낮에 나치군이 유태인들을 총살하는 것을 본 적이 있다. 나치군은 우리 엄마도 총살했다. 나치들은 식당에서 나라에 따라 다른 음식을 주는 것처럼, 죽이는 방법도 달랐다.

요리사와 식당 직원들이 들것을 들고 서 있었다. 의사가 바쁘게 간호사들에게 이것저것 일을 지시했다. 문득 라리사를 빼앗아 간 간호사가 생각났다. 간호사들은 먹이를 물어다 필요에 따라 나눠 주는 흰 새들 같았다.

기차가 멈추자, 포로들이 머리와 팔에 피에 젖은 붕대를 감고 내렸다. 덜 다친 것처럼 보이려고 서로 의지하고 서 있는 포로들도 있었다. 간호사들이 부상자 사이를 돌아다니며 응급 처치가 급한 포로들에게 붕대를 나누어 주고 상처를 꿰매 주었다. 많이 다친 포로들은 의사에게 보냈다.

그때, 제냐가 왼쪽 팔을 붙잡고 기차에서 내렸다. 옷이 갈기갈기 찢어지고 피가 나는데도 억지로 걷고 있었다. 당장 뛰어가서 제냐를 돕고 싶었지만 줄리가 막았다.

"사람들 눈을 끌면 네 친구에게 좋지 않아."

의사가 제냐의 팔을 살펴보았다.

"찰과상이야. 운이 좋았군."

의사는 간호사에게 제냐의 상처를 소독하라고 지시하고 다른 환자를 보러 갔다. 간호사는 제냐의 상처를 소독약으로 거칠게 문지르고 붕대를 감았다.

"막사로 가서 쉬어."

그러고는 급히 의사를 쫓아갔다.

제냐는 얼굴이 하얗게 질린 채로 식은땀을 흘렸다. 상처가 심하지 않다는 말에 마음은 놓였지만 많이 아파 보였다. 제냐가 나와 줄리가 있는 곳으로 걸어왔다. 자신이 아직도 쓸모 있는지 확인하고 싶은 것 같았다. 나는 제냐의 등을 어루만져 주었다.

"막사로 데려다 줄게."

"아니야. 나도 도움이 필요하면 도울게."

제냐가 몸을 덜덜 떨었다.

다음 기차가 들어오자마자 문이 열렸다. 두 명의 포로가 부상당한 한 명을 부축해서 나왔다. 부상자의 얼굴을 보니 루카였다. 나도 모르게 몸이 떨렸다.

"들것."

의사가 손을 들자, 식당 일꾼들이 들것을 땅에 내리고 조심스럽게 루카를 옮겼다. 한쪽 다리가 피로 흥건했다. 팔과 얼굴에도 피가 묻었지만 다친 것 같지는 않았다.

"루카!"

루카가 눈꺼풀을 파르르 떨더니 나를 바라보았다. 하지만 줄리가 내 팔을 세게 붙잡고 있어서 뛰어갈 수가 없었다. 의사는 루카를 재빨리 검사하더니 병원으로 보내라고 했다. 가슴이 철렁 내려앉았다. 루카가 제대로 치료를 받을 수 있을까. 죽는 건 아닐까. 답답한 마음에 줄리를 바라보았지만 줄리는 나를 쳐다보지 않았다.

"나는 환자들을 도우러 병원에 가야 해."

줄리는 제냐와 나를 두고 병원으로 달려갔다. 나는 제냐의 허리에 팔을 둘렀다.

"괜찮을 거야."

제냐가 나를 밀어냈다.

"혼자 걸을 수 있어."

하지만 막사에 도착하자 제냐는 아파하며 침대에 쓰러지듯 누웠다. 나는 제냐에게 내 담요를 덮어 주고 물을 떠 왔다. 제냐를 부축해서 물을 마시게 한 뒤 잠이 들 때까지 곁에 있어 주었다.

아침 호루라기가 울리기 전인데, 제냐가 내 어깨를 흔들어 깨웠다.

"이것 좀 봐."

제냐는 옷을 들고서 울먹울먹했다. 원래도 낡았던 옷인데, 어제 사고로 갈기갈기 찢어져 있었다. 바느질을 해도 소용없을 것 같았다. 나는 내 낡은 원피스의 밑단을 찢어서 제냐의 옷에 덧대 주었다.

관리인이 다친 포로들에게 다른 일을 정해 주었다. 제냐는 식당으로 보내졌다.

나는 제냐를 걱정하며 세탁실로 향했다. 다른 사람들에 비해 크게 다친 건 아니지만 폭탄이 터질 때 큰 충격을 받은 것 같았다. 그리고 누구보다 루카가 걱정되었다. 줄리에게 루카에 대해 묻고 싶어서 점심시간만 손꼽아 기다렸다.

잉게 아줌마는 폭탄이 터진 적이 없는 것처럼 행동했다. 오히려 오늘 아침은 다른 날보다 행복해 보이기까지 했다.

"남편한테서 소포가 왔어."

잉게 아줌마는 방으로 들어가서 화려한 옷과 액세서리를 한 아름 들고 나왔다. 크리스마스를 맞은 어린아이처럼 눈이 반짝였다. 아줌마는 고운 레이스가 달린 아이보리 시폰 블라우스, 이니셜이 수놓아진 여섯 개들이 손수건 세트, 검정 모피 코트 등을 펼쳐서 보여 주었다. 수용소와 전혀 어울리지 않는 고급스러운 물건들이었다. 6시에 일을 마친 뒤, 잉게 아줌마가 무엇을 하는지 궁금했다.

"아름다워요."

나는 레이스를 만져 보았다.

"그렇지? 지금 남편이 프랑스 전선에 있어. 프랑스에서 보내 준 물건들이야."

나는 나치군이 물건을 빼앗는 법을 알았다. 내 고향 베렌찬카는 가난한 동네였기 때문에 모피 코트나 시폰 블라우스처럼 화려한 물건은 없었다. 하지만 오래된 유물이 많았다. 나치군은 사라네 예배당 문을 부수고 들어가서 백 년이 넘은 화려한 은 촛대를 집어 갔다. 은 촛대를 앤티크 주전

자와 유화가 가득한 손수레에 던져 넣자 사라는 분노했다. 예배당을 싹 쓸고 난 뒤에는 갈매나무로 지어진 오래된 성당을 뒤져 성모상을 가져갔다. 값나가는 물건은 아니지만 교회보다 더 오래된 성물이었다. 그때의 끔찍했던 기억은 지금까지도 내 가슴을 짓눌렀다. 나는 숨을 깊게 들이마시고 절망스러운 기억들을 몰아냈다. 그리고 잉게 아줌마에게 겨우 미소를 지었다.

"남편이 정말 멋진 분이시네요. 아줌마를 사랑하는 게 틀림없어요."

"응, 늘 이런 값비싼 물건들을 선물해 준단다."

잉게 아줌마는 미소를 지으며, 블라우스를 집어 들고 바느질을 꼼꼼히 살펴보았다. 레이스는 손으로 직접 뜬 거고, 바느질도 흠잡을 곳이 없었다. 희미한 장미 향기가 코를 간지럽혔다. 이 블라우스를 입던 여자가 뿌린 향수일까.

"제가 무얼 도와 드릴까요?"

"이름."

잉게 아줌마는 블라우스를 뒤집어서 목 뒷부분에 붙어 있는 새틴 라벨을 보여 주었다. '마담 V 포르티에르'라는 이름이 화려한 실로 꼼꼼히 수놓아져 있었다.

"이 이름을 뜯어내고 내 이름을 새겨 줄 수 있어?"

포르티에르 부인이 아름다운 블라우스를 잉게 아줌마의 남편에게 기꺼이 내주었을 리는 없었다. 나는 블라우스를 받아 들고 라벨의 바느질을 자세히 살펴보았다. 안감에 붙어 있어서 옷을 입으면 보이지 않는데도 눈을 사로잡을 만큼 훌륭하게 수놓아져 있었다. 아줌마 말대로 실을 뽑으면 라벨에 구멍이 잔뜩 생길 것 같았다.

"라벨을 그냥 뜯어내면 어떨까요?"

잉게 아줌마의 눈썹이 치켜 올라갔다.

"너에게는 쉬운 일이잖아. 나는 이 라벨에 내 이름을 새기고 싶어."

아줌마는 손수건 한 장을 펼쳐서 보여 주었다. 장미향이 풍겼다. 나비와 꽃이 실크 실로 꼼꼼히 수놓아져 있었다. 프랑스식 매듭이었다. 한쪽 구석에는 'VF'라는 이니셜이 있었다.

이곳에는 실크 실이 없었다. 있다고 해도 색깔을 맞출 수 없었다. 이니셜의 매듭을 하나하나 풀어서 실을 다시 쓰는 수밖에 없었다. 가능할까. 나는 잘 해내기를 기도했다.

잉게 아줌마가 내 무릎 위에 모피 코트를 펼쳐 놓았다. 코트에서도 장미향이 났다. 코트 위에 누워서 백 년 동안 잠자고 싶을 만큼 포근하고 부드러웠다. 잉게 아줌마는 왼쪽 주머니를 뒤집어서 검정색 실크 안감을 보여 주었다. 그곳에도 역시 붉은색 실크 실로 같은 이니셜이 새겨져 있었다.

"이것들은 이제 내 거야. 그래서 내 이니셜을 모두 새기고 싶어."

잉게 아줌마가 심술궂은 어린아이처럼 아랫입술을 삐죽거렸다.

이니셜을 바꾸는 건 쉬운 일이 아니었다. 하지만 아줌마의 표정 때문에 못한다고 할 수 없었다.

"할 수 있어요. 하지만 시간이 걸릴 거예요."

그제야 아줌마의 얼굴에 미소가 번졌다.

"리다, 네가 할 수 있을 줄 알았어. 내 이니셜은 IP야. 블라우스에는 '프라우 I 파이저'라고 이름 전체를 수놓아 줘."

10장

뜻밖의 선물

잉게 아줌마가 전기등과 돋보기를 가져다주지 않았더라면 일을 끝내지 못했을 것이다. 돋보기는 우리 동네 보석상 아프라미안 아저씨가 보석을 세공할 때 쓰던 것과 비슷했다. 한쪽 알만 달린 안경처럼 생겨서 오른쪽 눈에 걸치면 딱 맞았다. 돋보기를 쓰니까 자수의 매듭과 꼬임을 자세히 볼 수 있었다. 먼저, 가는 바늘 두 개를 사용해 가까스로 손수건의 이니셜 VF에서 실을 뽑아냈다. 하지만 그 자리에 구멍이 남았다. 나는 최대한 구멍을 메우면서 IP를 다시 수놓았다.

"어디 보자."

잉게 아줌마가 내 귀에 걸린 돋보기를 낚아챘다. 나는 숨을 죽이고 아줌마의 얼굴을 살폈다.

"아주 아름답구나. 솔직히 말하면 네가 해낼 줄 몰랐거든."

아줌마는 만족스러워하며 돋보기를 돌려주었다.

휴, 아줌마가 좋다니 얼마나 다행이야. 나는 마음이 놓여서 숨을 내쉬었다. 내 눈에는 매끄럽지 못한 부분이 보이지만 잉게 아줌마는 알아차리지 못하는 것 같았다. 나머지 손수건의 이니셜을 바꾸는 일은 더 쉬웠다. 오전 동안에 손수건 여섯 개를 모두 아줌마의 이니셜로 바꾸었다.

점심시간을 알리는 호루라기 소리를 들으니 머리가 아팠다.

"가능한 빨리 돌아와. 할 일이 아주 많으니까."

잉게 아줌마가 말했다.

"네."

한 대 때리고 싶을 만큼 잉게 아줌마가 얄미웠다. 나는 무 수프와 색깔만 나는 차를 받기 위해 줄을 서서 목을 빼고 줄리를 찾았다. 줄리는 뒤쪽 탁자에 제냐와 함께 앉아 있었다.

"루카는 좀 어때?"

나는 자리에 앉자마자 물었다.

줄리가 나를 보더니 웃었다.

"나아지고 있어. 피를 닦았더니 다행히 심한 상처가 아니었어. 그래서 몇 바늘 꿰맸어."

마음이 놓여서 눈물이 날 것 같았다.

"아직 병원에 있어?"

줄리가 고기 수프를 떠서 삼키며 말했다.

"혹시 감염될지 몰라서 주사를 맞았어. 며칠 뒤면 나올 거야."

심장이 덜컥 내려앉았다.

"주사를 맞았다고?"

줄리는 고개를 절레절레 흔들었다.

"걱정 마. 잘 치료받고 있어."

하지만 걱정이 되는 건 어쩔 수 없었다. 나는 무 수프를 한 숟갈 삼키고 제냐를 보았다. 얼굴이 하얗고 눈이 퀭했다. 아침에 덧대 준 천이 제대로 붙지 않아서 한쪽 어깨는 실 몇 가닥으로 겨우 버티고 있었다.

"제냐, 주방에서 무슨 일을 해?"

"감자 껍질을 벗겨."

감자 생각을 하니 배 속이 꿈틀거렸다.

"남는 감자 좀 몰래 가져오면 안 돼?"

"요리사가 매의 눈으로 감시해. 하지만 공장에서 일하는 것보다는 훨씬 나아."

제냐가 웃었다. 나도 웃었다. 그러다가 줄리와 눈이 마주쳤다.

"루카를 보러 가고 싶어."

줄리가 놀라서 말했다.

"며칠 뒤면 나올 거야. 그때 보면 되잖아."

나는 수프를 내려다보았다. 줄리 말이 맞다. 기다리는 편이 쉬운 길이었다. 하지만 루카를 생각할 때마다 마음이 아팠다. 루카가 괜찮은 걸 직접 눈으로 보기 전까지 마음이 계속 아플 것 같았다.

"의사와 간호사도 점심 먹으러 여기에 와?"

줄리가 고개를 끄덕이고 식당 한구석을 슬며시 바라보았다.

"지금 병원 사람들 대부분이 여기에 있어."

나는 남은 수프를 마셔 버리고 먼저 자리에서 일어났다.

"줄리, 제냐, 나중에 보자."

나는 말리지 말라는 뜻으로 검지를 입술에 댔다. 둘 다 아무 말이 없었다. 하지만 둘의 눈이 내 뒤통수를 빤히 보고 있는 게 느껴졌다.

점심시간이 아직 남았지만 서두르는 모습을 보여서 눈길을 끌고 싶지 않았다. 그릇과 수저를 씻지 않고 그냥 막사에 두고 나왔다. 나는 눈에 띄지 않기를 바라며 병원으로 향했다. 가는 길에 다른 막사의 관리인과 마주쳤지만, 나를 못 본 듯이 서둘러 갈 길을 갔다.

병원 문을 열고 빠른 걸음으로 복도를 걸었다. 병원 안의 서늘한 공기가 나를 감쌌다. 이상하리만치 조용했다. 다행히 접수처에 아무도 없었다. 첫 번째 병실을 빼꼼히 들여다보았다. 부상당한 포로들이 가득했다. 하지만 모두 동시에 잠들어 있는 모습이 이상했다. 주사를 맞은 것일까. 그때, 발소리가 들렸다. 나는 얼른 문 뒤에 숨어서 간호사가 환자들의 맥박을 재고 기록하는 것을 보았다. 심장이 쿵쾅거려서 겨우 숨을 참았다.

간호사가 두 번째 병실로 갔다. 나는 숨죽여 기다리다가 살금살금 세 번째 병실로 갔다. 루카는 잠들어 있었다. 침대 옆에 서 있는데 심장이 쿵쾅거렸다. 루카의 얼굴은 창백하지만 괜찮아 보였다. 루카를 깨워야 할지 자도록 내버려 둬야 할지 몰라서 루카의 짧은 머리를 쓰다듬었다.

"리다, 여기서 뭐 하는 거야?"

루카가 내 손목을 꽉 잡았다.

"네가 괜찮은지 확인하는 거야."

그러자 루카가 웃었다.

"괜찮아. 와 줘서 고마워. 안 그래도 너한테 할 말이 있어."

루카가 몸을 일으켜 앉더니 다른 환자들이 잠들어 있는지 둘러보았다. 그러고는 나에게 가까이 오라는 손짓을 했다.

"만약에 우리가 헤어지더라도 전쟁이 끝나면 꼭 너를 찾을 거야."

나는 놀라서 루카를 쳐다보았다.

"무슨 일 있어?"

"리다, 얼른 가. 여기서 잡히면 안 돼."

나는 병실을 나가기 전에 루카의 이마에 입을 맞추었다.

"얼른 나아서 돌아와."

"그래."

루카가 미소를 지었다.

간호사가 들어왔다. 나는 문 뒤에서 간호사가 환자들을 다 살필 때까지 기다렸다가 슬그머니 빠져나왔다. 복도를 지나 병원 문을 열자, 줄리가 나를 기다리고 있었다.

"구석에 숨어. 간호사 두 명이 오고 있어."

나는 재빨리 건물 구석에 숨었다가 세탁실로 향했다. 무사히 도착했는데도 여전히 심장이 콩닥거렸다. 하지만 왠지 자꾸만 웃음이 나왔다. 루카가 괜찮은지 직접 봤으니까.

모피 코트의 이니셜을 바꾸는 일은 생각보다 쉬웠다. 새틴 천이 부드러워서 실을 뽑아도 자국이 남지 않았다. 마치 새 천에 잉게 아줌마의 이니셜을 수놓은 것처럼 보였다. 한 시간도 지나지 않아 자수를 마치고 블라우스 하나만 남았다. 손으로 붙잡고 실을 뽑기에는 라벨의 폭이 좁고 미끈거렸다. 나는 이니셜을 수놓기 전에 몇 가지 글씨체로 이름을 써서 잉게 아줌마한테 고르라고 했다. 아줌마는 원래 수놓아진 글씨체와 비슷한 걸로 해 달라고 했다.

드디어 끝났다. 잉게 아줌마가 블라우스를 살펴보고는 무척 기뻐했다. 하지만 블라우스가 아줌마에게 작아서 입다가 찢어질까 봐 걱정이 되었다. 만약 블라우스가 찢어지면 나에게 수선하라고 할 텐데…….

"정말 예뻐요."

나는 좋은 말을 고르느라 망설이다가 말했다.

잉게 아줌마가 활짝 웃더니 블라우스 위에 모피 코트를 걸쳤다. 아줌마가 한 바퀴 빙글 돌자, 코트가 부드럽게 펄럭이며 장미향이 났다.

"네 바느질은 정말 훌륭해. 잠깐, 너한테 상을 줄게."

잉게 아줌마는 사무실로 들어가서 블라우스와 모피 코트를 벗어 놓고 나왔다. 손에는 꾸러미가 들려 있었다.

"자, 열심히 바느질해 준 상으로 샌드위치 반을 남겨 뒀어."

꾸러미를 보자마자 입안에 군침이 돌았다. 잉게 아줌마는 날마다 신선한 빵 사이에 두꺼운 고기가 들어간 샌드위치를 두 개씩 먹었다. 종이에 싸여 있는데도 마늘, 양파, 캐러웨이, 소고기 냄새가 퍼졌다. 내 두 손은 어느새 꾸러미를 향해 뻗었다.

"너는 먹을 자격이 있어."

샌드위치는 이곳에서 받을 수 있는 가장 값진 선물이었다. 포장을 벗기고 샌드위치를 먹는 상상을 얼마나 많이 했던가. 하지만 샌드위치는 순식간에 사라질 것이고 다 먹고 나면 무 수프와 색깔만 나는 차가 더욱 맛없게 느껴질 것이다.

나는 두 손을 무릎에 내려놓고 차분히 생각했다.

"샌드위치를 주셔서 정말 고맙습니다. 하지만 부탁이 있어요. 샌드위치 대신 새 옷을 한 벌 받으면 안 될까요?"

나는 잉게 아줌마의 눈을 보며 간절히 말했다.

잉게 아줌마가 당황했다.

"새 옷? 넌 여기서 작업복을 입고 일하잖아."

아줌마는 내 맨발을 내려다보았다.

"차라리 두꺼운 양털 양말을 줄까?"

곧 겨울이 다가오는데 두꺼운 양털 양말이 한 켤레 있으면 얼마나 따듯할까. 하지만 신발도 없는데 양말을 신고 다니면 금방 해질 거야. 그래도 밤에 잠잘 때 발이 시리긴 한데……. 양말을 받겠다고 말하고 싶지만, 내가 양말을 신으면 찢어진 옷을 입은 제냐는 어떻게 하지. 막사에서 함께 지내는 이반카와 나탈리아와 친구들이 떠올랐다. 내가 양말을 신으면 다른 아이들이 더 비참해질 것이다.

"제 친구 중에 제냐라는 아이가 있어요. 어제 폭탄이 터져서 옷이 다 찢어져 버렸어요. 새 옷을 제냐에게 주고 싶어요."

잉게 아줌마의 눈썹이 치켜 올라가고 얼굴에 놀라움이 드러났다.

"힘들게 일해서 받은 상을 다른 애한테 주겠다는 거니?"

나는 고개를 끄덕이며 발끝만 쳐다보았다.

"아줌마만 허락해 주신다면 그렇게 하고 싶어요."

잉게 아줌마의 따듯한 손이 내 어깨를 붙잡았다.

"너는 내 남편 같구나. 힘들게 얻은 좋은 물건을 다른 사람에게 선물하니 말이다."

잉게 아줌마는 수선해야 할 옷이 담긴 큰 바구니를 가져와서 샅샅이 살펴보았다.

"너에게 문제가 될까 봐 너무 좋은 옷을 주지는 못 해. 이것도 안 되고, 이것도 안 되고. 흠, 이 옷도 너무 좋은데. 작업복을 하나 주면 좋겠는데 그건 내 것이 아니야."

아줌마는 계속해서 바구니를 뒤지더니 소매가 찢어진 플란넬 셔츠를 꺼냈다.

"서 봐. 이 옷이 맞는지 보자."

잉게 아줌마는 셔츠를 내 어깨에 대 보았다. 아주 알맞게 발목까지 내려왔다. 제냐는 나보다 키가 더 크니까 잘 맞을 것이다.

"딱 좋아. 근데 정말 양말 대신 옷을 받고 싶은 게 확실해?"

아줌마는 내 손목을 잡고 한 번 더 물었다.

나는 소중한 셔츠를 받아서 품에 안았다. 천이 튼튼하고 깨끗한 냄새가 났다. 눈물이 차올랐다. 함께 일하는 동안, 잉게 아줌마는 한 번도 소리를 지르거나 때린 적이 없었다. 수용소에 들어와서 처음으로 사람이 된 기분이었다.

"정말 고맙습니다. 이 옷은 완벽해요. 그리고 너그럽게 대해 주셔서 고맙습니다."

나는 그만 잉게 아줌마를 안을 뻔했다.

아줌마가 미소를 지었다.

"나는 나의 너그러움을 늘 자랑스럽게 생각한단다."

나는 셔츠를 옆에 두고 설레는 마음으로 세탁 바구니에 쌓인 일감을 바느질했다. 시간이 아주 천천히 가는 것 같았다. 하지만 제냐가 기뻐할 것을 생각하니, 나치에게 잡히면서 드리워진 슬픔이 잠시나마 걷히는 것 같았다. 이곳에 온 뒤로부터 나는 기운이 없었다. 어느 것 하나 내 마음대로 할 수 있는 일이 없었으니까. 하지만 루카를 보는 기쁨과 제냐를 돕는 기쁨은 절망 속에서 찾은 희망이었다.

6시에 호루라기가 울렸다. 나는 작업복을 벗고 낡은 원피스로 갈아입은 뒤, 셔츠를 품에 안고 세탁소 밖으로 달려 나갔다. 그런데 갑자기 무언가가 얼굴과 팔을 세게 때렸다. 나는 지저분한 바닥 위로 뒹굴었다. 셔츠는 품에서 빠져나와 먼지 위를 굴렀다.

눈앞에 번쩍거리는 검은 부츠가 보였다. 위를 올려다보았다. 슈미트 장교였다.

"여기 생쥐 같은 도둑이 있었군."

나는 셔츠를 주워서 장교 앞에 차려 자세로 섰다.

"장교님, 저는 이 옷을 훔치지 않았어요."

"조용히 해. 거기에 대해서 조사할 거다."

장교는 내 귀가 뜯어질 만큼 세게 잡아당기면서 세탁실 문을 열고 소리를 질렀다.

"잉게, 이리로 와 봐."

잉게 아줌마가 모피 코트를 입고 나왔다. 아줌마는 나를 의아하게 바라보다가 장교에게 물었다.

"무슨 문제입니까, 슈미트 장교님?"

"이 셔츠를 아이에게 주었나?"

잉게 아줌마가 손을 허리에 짚고 장교를 쳐다보았다.

"네, 그렇습니다."

그제야 장교는 내 귀를 놓았다. 휴, 살았다.

"오스타베이터 포로에게 선물을 주면 안 돼."

"제 남편이 입던 낡은 셔츠일 뿐이에요. 그리고 수선하기엔 너무 해졌어요."

"자네는 이 아이를 망치고 있어."

"장교님, 이 아이가 무슨 일을 해냈는지 아세요?"

"고작 바느질이겠지."

"리다가 바느질을 한다는 소리는 바그너가 예쁜 곡조를 연주한다는 말과 같아요. 이것 보세요."

잉게 아줌마가 모피 코트를 벗어서 장교에게 이니셜을 보여 주었다.

나는 아줌마가 내 편을 들어주는 모습에 놀랐다. 장교가 오만한 얼굴로 라벨을 보았다.

"이름 몇 자 새기는 건 어렵지 않아."

장교를 쳐다보는 잉게 아줌마의 눈빛이 이글거렸다.

"리다, 어서 가. 내일 보자."

내가 가고 난 뒤, 잉게 아줌마가 슈미트 장교에게 뭐라고 말할지 궁금했다. 나는 세탁실 문에 대고 귀를 기울였다. 아줌마는 내가 수놓은 자수를 보여 주는 것 같았다. 이 말은 들을 수 있었다.

"작은 손으로 아주 능숙하게……, 이 섬세함을 좀 보세요."

잠시 뒤, 대화가 멈추었다. 나는 엿듣는 걸 들킬까 봐 서둘러 자리를 떠났다.

7번 막사에 도착하니 아무도 없었다. 나는 셔츠를 고이 개서 베개 밑에 숨겨 두었다. 샤워장으로 갔다가 다시 막사로 돌아왔다. 잠시 뒤, 제냐가 들어오더니 나에게 인사를 하고 침대 위에 쓰러지듯 누웠다. 나는 베개 아래서 셔츠를 꺼내 들고 제냐의 침대 옆에 앉았다.

"깜짝 선물이 있어, 제냐."

내가 셔츠를 내밀자, 제냐가 물었다.

"그게 뭐야?"

"펼쳐 봐."

나는 웃음을 가까스로 참았다. 제냐의 두 눈이 휘둥그레졌다.

"이거 훔친 거 아니지?"

나는 고개를 끄덕였다.

"자수를 잘 놓았다고 잉게 아줌마가 선물로 줬어."

"진짜 좋다. 네가 입은 원피스보다 훨씬 좋아 보여."

"제냐, 이건 너를 위한 옷이야."

제냐가 벌떡 일어나 앉더니 내 눈을 가만히 들여다보았다. 그리고 망설이다가 말했다.

"하지만 이 옷을 받을 수 없어. 네가 열심히 일해서 받은 거잖아."

"네 옷은 다 찢어졌잖아. 나보다 너에게 이 옷이 더 필요해."

제냐의 눈에 눈물이 가득했다.

"잉게 아줌마는 너에게 필요한 선물을 주고 싶었을 거야. 신발이나 먹을 거 같은 걸로."

제냐가 살갗이 벗겨진 내 발을 내려다보았다.

"이 옷을 잘라서 양말을 만들면 발이 따뜻할 거야."

"그렇게 해 봤자 오래가지 않는다는 거 알잖아. 그리고 난 네가 이 옷을 입으면 좋겠어. 나는 세탁실에서 일할 때 입는 작업복이 따로 있어. 작업복은 아주 깨끗해. 내 발도 조금씩 낫고 있고. 너, 살을 다 내놓고 다니고 싶어? 네 옷은 얼마 못 입을 거야."

"고마워, 리다. 정말 고마워. 그러면 내 옷은 네 옷을 수선하는 데 쓰자."

제냐가 내 손을 잡았다. 그리고 셔츠를 입어 보았다. 길이는 얼추 맞지만 품이 헐렁했다. 우리 모두 해골처럼 말랐기 때문이었다.

막사에 실과 바늘은 있지만 가위가 없어서 나는 조심스럽게 옷소매를 찢었다. 셔츠를 가로로 이어 붙이면 뒷면만으로 소매가 없는 옷을 한 벌 만들 수 있을 것 같았다. 바느질을 절반쯤 했을 때, 다른 아이들이 막사에 들어왔다.

카타리나가 셔츠의 앞면을 들고 말했다.

"이걸로 리다 옷을 만들 수 있겠는걸. 이 단추 필요해?"

"아니."

내가 제냐의 새 옷을 만드는 동안 카타리나는 단추를 떼어 냈다. 그러고는 셔츠 앞면을 함께 꿰매 주었다. 나는 제냐보다 키가 작아서 조금 천이 남았다. 나는 조심스럽게 천을 찢었다. 남는 천과 낡은 나의 원피스, 제냐의 찢어진 원피스로 다른 아이들의 해진 옷을 덧댈 수 있을 것 같았다. 나는 7번 막사의 소녀들에게 천을 조금씩 나누어 주었다.

아주 오랜만에 두 다리를 쭉 펴고 입가에 미소를 머금은 채 잠이 들었다. 즐거운 하루였다. 엄마가 몸을 굽혀 내 이마에 입을 맞추었다. "아름다움은 어디에서나 찾을 수 있어."라고 말하며. 얼굴에 따듯한 숨결이 느껴질 정도로 생생했다. 눈을 뜨고 진짜 엄마를 보고 싶었다. 그런데 엄마의 얼굴이 멀어지더니 루카의 얼굴이 나타났다.

"무사히 있어, 작은 친구야. 내가……,"

루카는 계속해서 말했지만 더 이상 들리지 않았다.

"루카, 뭐라고 말했어?"

나는 울면서 잠에서 깨어났다. 루카가 눈앞에 있기를 바랐지만 그럴 리 없었다. 병원에 가서 루카를 만나고 와서 정말 다행이었다.

11장
새로운 일

다음 날 아침, 다른 포로들이 우리가 옷을 고쳐 입은 것을 보더니 칭찬해 주었다. 오랜만에 모두가 행복해 보여서 기분이 좋았다.

슈미트 장교는 여느 때보다 긴 시간 동안 우리를 세워 놓았다. 우리는 부슬부슬 내리는 빗속에 차려 자세로 서 있었다. 추위와 빗물에 발이 아려 왔다. 장교는 비에도 아랑곳하지 않았다. 부하 한 명이 장교 뒤에서 큰 검정 우산을 들고 따라다니기 때문이었다. 새로 만든 원피스가 비에 젖었다. 온몸의 뼈가 욱신거렸다. 빨리 세탁실에 가서 몸을 말리고 싶었다. 슈미트 장교가 줄 사이를 왔다 갔다 하면서 자세히 살피더니 옷을 수선해서 입은 우리들의 이름을 적었다. 그러다가 제나 앞에서 걸음을 멈추었다.

"이 옷, 어디서 났지?"

제냐는 고개를 떨구고 진흙투성이 발을 내려다보았다.

"친구가 만들어 줬어요."

장교는 아무 말 없이 계속해서 검사를 했다. 드디어 내 앞에 와서 멈추었다.

"옷이 멋지군, 꼬마 재단사. 셔츠 하나를 가지고 많이도 만들었군. 왜 전부 네 옷을 만들지 않았지?"

나는 입이 떨어지지 않았다. 하지만 슈미트 장교가 내 앞에서 버티고 서 있었다.

"말해."

"나누는 것이 더 행복하기 때문입니다."

슈미트 장교가 웃으며 한 손가락을 내 어깨에 올리고 말했다.

"세탁실에서 지나치게 편하게 지내는 모양이군. 새로운 일을 맡겨 주지."

장교는 군복 주머니에서 오스타베이터 증명서를 한 장 꺼내서 나에게 내밀었다.

"오늘부터 기차를 타고 밖으로 나가려면 이 종이가 필요할 거다."

포로 증명서를 본 건 처음이었다. 다른 포로들이 수용소

밖에 나갈 때 증명서를 가지고 다니는 것은 알았다. 이거 없이 붙잡히면 바로 총살당하니까.

나는 종이를 접어서 새 원피스 주머니에 넣었다. 엄청난 공포가 밀려왔다. 잉게 아줌마도 잘 해 주고, 세탁실 일도 재미있는데, 이제 와서 마을로 나가는 것은 너무 두려웠다. 마을은 틈틈이 폭탄이 떨어지는 곳이었다.

슈미트 장교가 새로운 일터로 보내지는 포로들의 이름을 불렀다. 제냐의 이름도 있었다. 장교는 우리가 기차에 타면 담당 군인이 할 일을 알려 줄 거라고 했다.

기차가 도착하자, 날카로운 호루라기 소리가 들렸다.

"모두 작업장으로!"

장교가 소리쳤다.

나는 긴 줄 뒤에 섰다. 군인 한 명은 기차에 오르는 포로들의 이름을 확인하고, 다른 군인은 총을 들고 가로등에 기대어 서 있었다.

내 차례가 되자 군인이 눈썹을 찡그렸다.

"너는 전에 기차를 탄 적이 없는 것 같은데, 이름이 뭐지?"

"리다 페레주크입니다."

나는 주머니에서 증명서를 꺼내 보여 주었다.

군인은 명단에서 이름을 찾더니 네 번째 칸을 가리켰다.

"저기에 타도록."

나는 기차에 올랐다. 이곳에 잡혀 올 때 탔던 화물차와 같을 줄 알았는데, 통로를 사이에 두고 두 개의 긴 나무 의자가 마주 보고 있었다. 의자는 사람들로 꽉 차 있었다. 나는 앉을 곳을 찾아 두리번거리다가 깜짝 놀랐다. 포로가 아닌 보통 사람들이 있었다. 페인트가 묻은 작업복에 코트를 입은 남자와 깃털 장식이 있는 초록색 모자를 쓴 여자가 앉아 있었다. 여자 옆에는 파란 스웨터 위로 금발 머리를 늘어트린 어린 소녀가 앉아 있었다. 소녀를 보자 라리사가 생각나서 고개를 돌렸다.

"리다, 여기야!"

제냐의 목소리였다. 기차 안을 둘러보았다. 제냐가 뒤쪽에 앉아 있었다. 제냐 맞은편 의자에는 카타리나와 나탈리아가 있었다. 아줌마인 줄 알았던 메리 언니는 우리보다 나이가 많아 보이는 포로들 앞에 앉아 있었다.

나는 제냐 옆에 앉아 무릎 위에 그릇, 숟가락, 컵을 올려놓았다.

오랫동안 혼자 일하다가 친구들과 있으니 마음이 편안해졌다. 더구나 우리 막사에서 내가 가장 좋아하는 제냐와 함께 있으니까.

"우리 같이 일하나 봐. 얼마나 멋질까?"

제냐의 한쪽 눈썹이 치켜 올라갔다.

"이곳에 멋진 일 같은 건 없어."

"네 말이 맞아, 제냐. 하지만 너랑 일하는 건 기대돼."

"응, 그건 다행이야. 너무 힘든 일이 아니길 바랄 뿐이야."

마지막으로 군인 두 명이 기차에 올랐다. 안에서 문을 닫자, 밖에 있는 군인이 빗장을 가로질렀다. 기차가 끼익하는 쇳소리를 내며 덜컹하더니 빨라지기 시작했다. 나는 창문 밖을 바라보았다. 가시철사 담장이 아닌 아름다운 풍경이 얼마나 보고 싶었던가.

역마다 기차가 멈추었고, 그때마다 군인이 기차를 향해 다가왔다. 포로들이 줄을 서서 내리면 기차 안의 군인이 밖에 서 있는 군인에게 명단을 건넸다. 내린 포로들은 트럭 뒤에 타거나 독일인의 지시에 따라 한 줄로 서서 어디론가 걸어갔다.

나는 전에 공장에서 일한 적이 있는 제냐에게 물었다.

"포로들을 데려가는 저 사람들은 누구야?"

"공장 사장이거나 채석장 관리자들이야."

"나는 포로들이 나치를 위해서 일하는 줄 알았는데."

"포로들이 일한 만큼 저 사람들이 독일 정부에 돈을 줘. 우리를 노예처럼 부리는 게 여러모로 이익이겠지."

제냐가 씁쓸한 얼굴로 말했다.

나는 독일 사람들이 우리를 어떻게 생각하는지 궁금해졌다. 혹시라도 우리가 무언가를 잘못해서 벌을 받고 있다고 생각하는 건 아니길 바랐다. 자기네 정부가 함부로 다른 나라 사람들을 잡아 와서 강제로 일을 시키는 걸 알기를 바랐다.

다음 역에서는 기차가 오래 멈추었다. 밖을 내다보니 군인이 곤봉을 들고 줄무늬 넝마에 노란 별 배지를 단 사람들을 화물칸 안에 몰아넣었다. 수프 한 그릇도 못 얻어먹은 것 같은 얼굴이었다. 나치는 우리도 사람처럼 대하지 않지만 유태인한테는 더 심했다. 저 사람들에게 먹을 걸 주기는 하는 걸까.

우리가 내릴 곳은 마지막 기차역이었다. 기차를 타고 이동하는 동안 폭격기 소리는 들리지 않았다. 아마도 기차가 내는 소리가 너무 커서일 것이다. 역시나 밖으로 나가자마자 머리 위로 미국군의 폭격기가 날아다녔다. 폭탄이 떨어질 때마다 땅이 흔들리고 연기가 피어올랐다. 폭탄이 터지는 광경은 아무리 봐도 절대 익숙해지지 않았다.

나는 메리 언니 뒤에 서서 차례를 기다렸다. 저 멀리 산등성이 위에서 태양이 빛났다. 이곳의 바위산은 내 고향의 푸른 산과 달랐다. 독일의 산은 뾰족해서 하늘을 찌르려는 무기처럼 보였다.

나는 주머니에서 포로 증명서를 만지작거렸다. 절대로 잃어버리면 안 되니까. 그러다가 증명서를 꺼내서 사진을 자세히 들여다보았다. 이게 정말 내 얼굴일까?

얼굴에는 채찍 자국이 있고 빡빡 민 머리에는 벌레 물린 자국이 있었다. 나는 얼굴의 상처를 만져 보았다. 지금은 많이 아물었다. 머리를 쓰다듬어 보았다. 머리카락이 삐죽삐죽 위로 솟았다. 벼룩이 다시 생기지 않게 하려고 독한 표백제를 쓰다 보니 살갗이 타 들어가고 머리카락은 거칠었다.

그때, 누군가 내 손에서 증명서를 낚아챘다. 올려다보니 군인이었다.

"네가 리다 페레주크야?"

나는 고개를 끄덕였다.

"저쪽 장거 부인한테 가."

군인은 명단에서 내 이름을 찾아서 표시를 하며, 파란 옷을 입은 여자를 가리켰다.

나는 부인을 똑바로 쳐다보지 않으려고 했지만 자꾸 눈

길이 갔다. 장거 부인은 허리가 잘록하게 들어간 정장을 입었다. 비싼 영국산 울로 만든 옷이었다. 전에 엄마가 영국에서 가져온 옷을 수선한 적이 있기 때문에 본 적이 있었다. 장거 부인의 옷과 비슷했다.

장거 부인은 군인이 명단을 보여 주자 우리들을 살폈다. 나, 카타리나, 제냐, 나탈리아, 메리 언니. 그리고 처음 보는 아줌마의 이름은 비비였다.

"모두 손재주가 좋은 게 확실한가요?"

장거 부인은 낯선 독일어 억양으로 말했다.

군인이 종이를 넘기더니 한 곳을 가리켰다. 그리고 둘 다 제냐를 쳐다보았다. 제냐는 붕대를 풀었지만 아직 팔에 상처가 많이 남아 있었다.

"왜 팔을 다친 아이를 보냈는지 모르겠습니다."

"쓸 만하지 않으면 처리해야죠."

"네, 알겠습니다. 여기 여섯 명은 모두 부인을 위해서 선택된 포로들입니다. 들여보낼까요?"

"좋아요. 공장으로 보내 주세요."

장거 부인은 기차역 앞에 세워진 검은 자동차로 걸어갔다. 그러자 제복을 입은 운전사가 달려 나와서 문을 활짝 열어 주었다. 장거 부인의 차가 출발했다.

우리 여섯 명은 트럭에 올라탔다. 트럭 바닥은 비에 젖었지만 의자가 없어서 모두 물웅덩이에 앉을 수밖에 없었다. 트럭이 출발하자, 우리는 제냐가 팔을 부딪칠까 봐 가운데 앉히고 서로 붙잡았다. 무슨 일을 시키려고 손재주가 좋은지 물었을까.

트럭이 시내를 지나는데 거의 모든 건물들이 폭탄을 맞은 흔적이 있었다. 벽과 천장이 없는 건물 이 층에서 차를 마시는 부부의 모습이 이상했다. 바로 아래층은 돌무더기였다. 부부는 그나마 주방이 남아 있는 게 다행이라고 생각하는 것 같았다.

수용소에 잡혀 오고부터 미국군과 영국군의 폭격 소리를 계속해서 들었다. 하지만 소리를 듣는 것과 폭탄을 맞은 마을을 직접 눈으로 보는 것은 달랐다. 나치군이 피해를 입은 것을 보니 솔직히 통쾌한 마음이 들었다. 언제쯤 전쟁이 끝날까. 그래야 라리사를 찾아서 고향으로 돌아갈 텐데.

트럭 운전사는 폭탄을 맞아 부서진 벽돌 무더기를 요리조리 피했다. 그때마다 우리는 뒷자리에서 계속해서 굴렀다. 제냐를 똑바로 앉히려고 했지만 어떻게 할 수가 없었다.

길에는 건강해 보이는 남자들과 좋은 옷을 입은 여자들이 걸어 다녔다. 모두 길에 나뒹구는 벽돌 조각이나 철사 더미 들을 아무렇지도 않게 지나쳤다. 우리를 쳐다보지도 않았다. 아마도 트럭에 실려 가는 깡마른 포로들을 많이 봤겠지.

트럭이 노란 벽돌 건물 앞에 도착했다. 평범해 보이는 건물인데 기적적으로 폭탄을 맞지 않았다. 하지만 중앙 건물의 커다란 창문은 모두 깨지고, 창틀에 남은 유리 조각은 마치 뾰족뾰족한 이빨처럼 보였다. 다른 곳에 폭탄이 떨어질 때 땅이 흔들려서 깨진 것 같았다.

"아, 다른 일을 하기를 바랐는데."

제냐가 한숨을 쉬었다.

"여기가 전에 일한 금속 공장이야?"

"내가 일했던 곳은 저쪽이야."

제냐가 다른 건물을 가리켰다.

이 공장에서 우리는 무슨 일을 하는 걸까. 그리고 얼마나 오랫동안 폭탄을 맞지 않고 버틸 수 있을까. 연합군이 폭탄을 떨어뜨리는 곳은 주로 공장이라고 들었는데…….

"이곳은 네가 생각하는 것보다 안전할 거야. 지붕에 가짜 병원 표시를 해서 폭탄을 피할 수 있어. 지난번에 폭격당한 것은 아주 운이 없었던 거야."

제냐가 내 눈에 가득한 공포를 읽은 듯했다.

트럭 문이 열렸다. 운전사가 우리를 현관으로 데리고 갔다. 다행히 비를 피할 수 있는 곳이었다. 하지만 따듯한 세탁실로 돌아가고 싶었다.

사무실 유리문 안에는 큰 책상이 두 개 있고, 금발 머리 여자 두 명이 서로 마주 보고 일하고 있었다. 한 명은 타자기를 치고, 다른 한 명은 서류를 정리하느라 바빴다.

장거 부인은 현관 옆에 있는 나무 문을 치면서 흰 작업복을 입은 여자에게 화를 내고 있었다. 여자는 예의 바르게 머리를 숙였지만 손이 허리춤에 올라가 있었다. 장거 부인이 우리를 손가락으로 가리키며 말했다.

"일이 아무리 바빠도 저 애들을 훈련시켜."

그러자 작업복을 입은 여자가 우리 쪽으로 향했다.

"너희들 모두 감독관을 따라가."

감독관은 우리를 이 층으로 데려갔다. 이 층 통로는 철망으로 되어 있었다. 여자는 따라오지 않았다. 발밑으로 금속 공장이 돌아가는 모습이 보였다. 사람들이 금속 조각을 올려놓으면, 공중에 매달린 아주 큰 해머가 세차게 내려쳐서 오목한 밥그릇 모양을 만들었다. 해머가 다시 올라가면, 사람들은 그것을 집어 컨베이어 벨트에 올려놓고 다음 조각과 맞추었다.

손가락을 잘못 놓으면 큰일 나겠다는 생각이 들었다. 더구나 모두 맨손으로 일했다. 해머는 힘이 강해서 금속을 내려칠 때 쇳가루가 얼굴이나 눈에 튀기도 했다. 하지만 아무도 신경 쓰는 것 같지 않았다. 컨베이어 벨트에 놓인 오목한 금속은 기계가 다시 매끄럽게 다듬었다. 공장에는 회색빛 금속 먼지가 자욱했다.

우리는 감독관 뒤에 줄을 섰다.

"전에 저 일을 해 본 적 있어?"

나는 제냐에게 금속을 다듬는 기계를 가리키며 물었다.

"비슷한 일을 해 봤어."

저쪽 다른 기계에서는 내 팔 길이만 한 금속 원통 모양이 만들어지고 있었다. 야위고 피곤해 보이는 사람들이 기계처럼 움직였다.

우리는 감독관을 따라 공장을 가로질러 다른 문으로 들어갔다. 천장이 낮은 흰 방이었다. 한쪽에 나무 탁자와 의자가 놓여 있고, 다른 한쪽에는 긴 세면대가 있었다. 수도꼭지마다 작은 표백제 통이 매달려 있었다. 구석에 변기도 한 개 놓여 있었다.

"그릇을 탁자 위에 올려놓고 손과 팔을 깨끗하게 씻어. 검사할 테니까."

우리는 감독관이 시키는 대로 했다. 독한 표백제로 손을 씻는데 다행히 따듯한 물이 나왔다. 제나는 표백제로 긁힌 상처를 씻어 냈다. 아직 왼손이 약간 부어 있지만 다행히 손가락은 잘 움직였다. 감독관이 제나가 아무렇지도 않다고 생각하면 좋겠다.

우리는 물을 뚝뚝 흘리면서 세면대 옆에 한 줄로 섰다.

감독관이 한 명씩 손바닥과 손톱을 꼼꼼히 검사했다.

"통과, 통과, 통과……."

나는 통과했다. 그런데 비비 아줌마가 결혼반지를 끼고 있었다. 반지가 아줌마 손가락에 커 보였다. 수용소에서 아직까지 반지를 가지고 있었다는 사실이 놀라웠다.

"반지는 빼."

"감독관님, 저는 이 반지를 한 번도 뺀 적이 없어요. 제 남편이 남긴 유일한 물건이에요."

비비 아줌마가 눈물을 삼키며 말했다.

"반지를 달라는 게 아니야. 안전을 위해서 금속이 있어서는 안 돼. 반지를 빼서 그릇과 함께 보관해."

"혹시 다른 사람이 훔쳐 가면 어떻게 하나요?"

"너희 말고 아무도 여기에 들어오지 않아."

제나 차례가 되자 감독관이 혀를 찼다.

"이렇게 부은 손으로 어떻게 일을 하겠다는 거지?"

제나는 왼쪽 손가락을 쥐었다 펴 보였다.

"괜찮습니다."

감독관이 귀찮다는 듯이 머리를 흔들었다.

"장교가 왜 이런 애를 보낸 거지? 고작 이런 장애인보다 일을 더 잘하는 애가 없는 거야?"

"폭격을 맞았어요. 포어맨 리치스태들러 씨에게 물어보세요. 제가 얼마나 일을 잘하는지 말해 주실 거예요."

"리치스태들러 씨는 폭격을 맞고 죽었어. 어쨌든 기회를 주지."

그런데 감독관의 눈이 이번에는 제나의 목에 머물렀다.

"그 십자가도 금속이지? 벗어."

제나는 나의 십자가 목걸이를 벗어서 탁자 위에 올려놓았다.

감독관은 우리를 아무도 없는 다른 하얀 방으로 데려갔다. 탁자 위에 깨끗한 회색 작업복이 놓여 있었다.

"보다시피, 이 작업복은 금속 단추나 벨트가 없어서 뒤에서 끈으로 묶어야 해. 작업복으로 갈아입고 배지는 반드시 착용하도록. 아직도 몸에 금속붙이가 있는 사람 있나?"

우리는 옷에 지퍼나 클립, 금속 단추 들이 있는지 꼼꼼히 살폈다. 감독관이 작업복을 한 벌씩 나누어 주었다.

"머리 위로 입어."

무슨 일을 하길래, 마치 병원에서 일하는 것처럼 준비를 시키는 걸까.

감독관이 주머니에서 금속 조각이 붙어 있는 펜을 꺼내 탁자에 올려 두며 말했다.

"마지막 기회야. 금속을 가지고 있다면 지금 꺼내."

그러고는 한쪽 눈썹을 찡그리며 우리를 살폈다. 아무도 물건을 내놓지 않았다.

우리는 다음 방으로 향했다.

12장
히틀러를 위한 폭탄

한쪽 벽에는 커튼이 처져 있었다. 나무 탁자 위에는 공장에서 본 것과 비슷한 금속 그릇, 긴 원통형 금속관, 철사, 작은 부품들이 나뉘어 있었다. 이곳에 금속으로 된 물건이 있으면 안 된다고 하지 않았던가. 하지만 탁자 위에 놓인 물건은 모두 금속으로 된 것들이었다.

커튼 앞에는 방 길이만큼 길고 낮은 선반이 있었다. 선반에는 쇠줄처럼 생긴 물건들이 가지런히 놓여 있었다. 두 번째 탁자에는 저울과 계량스푼이 몇 개 놓여 있었다. 탁자 아래에는 나무통이 놓여 있고 '화약'이라고 씌어 있었다. 작업대에는 크기만 작을 뿐 공장에서 본 큰 해머와 비슷한 기계가 있었다. 나머지 벽에는 벽면을 가득 채운 선반이 천장까지 닿아 있었다.

"이곳에서 너희는 폭탄을 만들 것이다. 금속으로 된 물건을 금지하는 이유는 불꽃이 튀면 폭발을 일으킬 수 있기 때문이다."

감독관이 말했다.

폭탄을 만든다고? 갑자기 다리에 힘이 풀렸다. 연합군이 폭탄을 떨어뜨릴까 봐 얼마나 무서워하는데……. 우리한테 히틀러를 위해 폭탄을 만들라고? 나이를 속여서 지금까지 살아남았고, 내가 쓸모 있다는 것을 증명하기 위해 목숨을 걸고 일했다. 차라리 아파서 끌려간 마리카는 운이 좋았다. 적어도 깨끗하게 죽었으니까.

나는 탁자 위에 놓인 금속 부품을 살펴보았다. 아까 들렀던 공장에서는 부품이 전혀 위험해 보이지 않았는데 여기 있는 부품들은 천을 재단한 것처럼 크기가 딱 들어맞아 보였다.

감독관이 탁자로 걸어와서 두 손으로 원통형 금속관을 세웠다.

"이것이 폭탄의 몸체야."

그러고는 우리에게 텅 빈 안쪽을 보여 주었다.

"바닥은 이 부품으로 막아. 그다음 속을 콜딧이라고 부르는 철사로 채워."

감독관은 원통형 몸체를 세워 놓고 철사 다발을 가져왔다.

"철사를 집어넣을 때는 아주 조심해야 해. 폭발할 수 있거든."

나는 감독관의 얘기에 귀를 기울였지만 방이 빙글빙글 도는 것처럼 어지러웠다. 우리에게 폭탄을 만들라고 하는 건 너무 잔인한 일이었다. 우리 모두 연합군이 이기기를 간절히 기도하고 있다는 걸 나치는 모르는 것일까. 만일 히틀러가 이긴다면, 우리는 평생을 지금처럼 포로로 살 것이다. 하지만 연합군이 이긴다면, 우리는 풀려날 것이다. 그런데 어떻게 우리가 히틀러를 위해 폭탄을 만들 수 있지?

감독관이 폭탄을 만드는 과정을 설명하는 동안, 나는 숨을 크게 쉬었다. 제냐는 얼굴이 잿빛이 되었고, 나탈리아는 눈을 동그랗게 뜨고 입을 벌린 채였다. 모두 같은 생각을 하는 것 같았다.

"너희는 모두 손재주가 좋아서 뽑힌 애들이야. 혹시라도 폭탄을 망가뜨릴 생각은 하지 않는 게 좋아. 너희는 감시받고 있으니까."

감독관이 커튼을 걷자, 흰 작업복을 입은 남자가 나무 탁자에 걸터앉아 있었다. 남자는 감독관에게 손을 들어 보이고 들고 있던 서류로 눈을 돌렸다. 남자 뒤에 있는 큰 시계가 6시 45분을 가리키고 있었다.

"이 방은 방탄유리로 둘러싸여 있어. 그리고 다른 공장과 떨어져 있어. 만일 여기에서 폭탄이 터진다면 죽는 건 너희들뿐이야. 그러니 살고 싶으면 조심하도록."

감독관은 유리를 손가락으로 두드리며 웃었다. 그리고 오전 내내 우리에게 폭탄 만드는 법을 가르쳤다. 내가 맡은 일은 폭탄의 앞부분인 오목한 그릇 모양에 화약을 정확하게 재어 넣는 일이었다. 화약의 양이 많으면 폭탄이 일찍 터져 버리고, 너무 적으면 폭발이 제대로 일어나지 않는다고 했다. 비비 아줌마는 긴 철사 모양의 퓨즈를 집어넣는데, 서로 부딪쳐서 폭발이 일어나지 않도록 조심스럽게 다뤄야 했다. 제냐는 긴 철사 모양의 콜딧을 원통형 몸체에 집어넣고, 카타리나는 특이한 도구로 모든 부품을 단단하게 조이는 일을 맡았다.

메리 언니가 가장 어려운 해머를 맡았다. 공장에 있는 큰 해머처럼 자동으로 움직이는 것이 아니라 손으로 작동시켜야 했다. 카타리나가 모든 부품을 조립해서 폭탄이 완성되면, 모두 힘을 모아 해머 선반에 올렸다. 폭탄은 내 몸무게보다 무겁고 겉이 매끄럽기 때문에 들어 올리기가 까다로웠다. 옮기다가 떨어뜨릴까 봐 모두 겁을 먹었다. 폭탄을 선반 위에 놓으면 메리 언니가 폭탄의 가장자리와 모서리가 딱 들어맞을 때까지 해머를 천천히 내렸다. 폭탄을 해머로 누르는 동안에는 나탈리아가 얼음보다 차가운 하얀 액체를 표면에 뿌려야 했다. 다른 일에 비해 조금 쉽지만 맨손으로 차가운 통을 붙잡아야 하기 때문에 손이 꽁꽁 얼었다.

감독관은 우리가 맡은 일을 빠르고 정확하게 해내는지 매의 눈으로 지켜보았다. 그러다가 시계가 12시를 가리키자, 우리를 불렀다.

"하던 일을 멈추고 나를 따라와."

우리는 작업복을 갈아입었던 방으로 향했다.

"너희는 다른 사람들과 함께 밥을 먹을 수 없어. 손에 묻은 폭발성 물질을 씻어 내고 이 방에서 따로 식사를 하도록."

우리는 다시 표백제로 손을 씻었다. 손을 검사받고 나자, 남자가 들통 두 개를 가지고 왔다. 하나는 크고 다른 하나는 작았다. 남자는 큰 통에서 묽은 수프를 퍼 주고, 컵에 뜨거운 커피를 담아 주었다. 나탈리아의 차례가 되자 작은 통에서 수프를 펐다. 폴란드 수프에 있는 감자가 간절히 먹고 싶었지만 꾹 참았다. 우리 앞에서 혼자만 좋은 음식을 먹는 나탈리아도 괴로울 테니까.

"이것 좀 봐. 러시아 수프가 남았네."

남자가 큰 통을 우리에게 보여 주었다.

"저기, 우리에게 남은 수프를 조금씩 더 주시면 다시 가져가지 않으셔도 될 것 같은데요."

"그럴 수는 없지. 오스타베이터들에게 남은 음식을 주다가 들키면 처벌을 받거든."

남자는 변기에 남은 수프를 버리고 물을 내렸다.

"자, 이제 남은 음식을 들고 갈 필요가 없어졌지?"

남자를 주먹으로 한 대 때리고 싶었다. 배고픈 우리들 앞에서 음식을 버리다니 어쩌면 저렇게 나쁠까. 우리에게 수프를 조금 더 준다고 해서 아무도 알지 못할 텐데. 우리는 아무 말도 하지 않았다. 얼굴에 아무런 표정도 드러내지 않았다. 남자가 밖으로 나가자마자, 나는 두 손으로 얼굴을 감싸고 울었다.

오후에는 감독관이 오지 않았다. 하지만 유리벽 뒤에 있는 남자가 우리를 지켜보며 계속해서 무언가를 적었다.

폭탄 조립이 끝나면 모두가 하던 일을 멈추고 아기를 옮기듯 조심스럽게 선반 위에 올렸다. 폭탄이 하나씩 완성될 때마다 걱정이 되었다. 하루 일이 끝날 때쯤, 선반은 폭탄으로 거의 다 채워졌다. 우리 때문에 얼마나 많은 사람이 다

칠지 생각하니 몸이 떨렸다.

호루라기 소리가 들리자, 유리벽 뒤에 있던 남자가 우리가 화약을 잘 씻어 내는지 감시하러 방에서 나왔다. 감독관의 말대로 비비 아줌마의 반지와 내 십자가 목걸이는 그대로 있었다.

우리는 수용소로 돌아가는 기차에 올랐다. 미국군들이 떨어뜨리는 폭탄 소리가 끊임없이 들렸다. 기차가 흔들릴 만큼 소리가 엄청났다. 영국군과 미국군이 떨어뜨리는 폭탄은 누가 만드는 걸까? 우리처럼 포로들이 만들까? 그들이 누구든지, 우리처럼 슬플 것이다.

폭탄을 만들면서 좋은 점 하나는 기차에 오르기 전에 따로 씻을 수 있다는 것이었다. 수용소의 샤워장에서 긴 줄을 서지 않아도 되니까.

기차에서 내리자, 줄리가 걱정스러운 얼굴로 기다리고 있었다. 우리는 7번 막사까지 함께 걸었다. 나한테 할 말이 있는 게 분명했다.

줄리가 내 침대에 걸터앉더니 방을 살펴보았다.

“우리 막사랑 똑같아.”

그러더니 나를 쳐다보았다.

“오늘 어떤 일을 했어?”

"폭탄 만들기."

줄리가 깜짝 놀라서 눈을 크게 떴다.

"어디에서?"

"금속 공장이랑 같은 곳에 있어. 근데 우리가 일하는 방은 따로 떨어져 있어."

"정말 끔찍해. 손재주가 너무 좋아서 그래."

그런데 갑자기 줄리의 볼을 타고 눈물이 흘렀다.

"안 좋은 일 있어?"

"루카가 갔어."

줄리가 눈물이 가득한 눈으로 나를 바라보았다.

꿈에서 일어난 일이 진짜 일어난 걸까. 믿을 수 없었다. 루카가 죽다니. 나는 줄리의 어깨를 붙잡았다.

"어제 내 눈으로 분명히 루카를 봤어. 아주 건강해 보였다고."

"리다, 루카가 죽은 게 아니라, 사라졌어."

"도망쳤다고?"

줄리가 고개를 끄덕였다.

"병원이 발칵 뒤집혔어. 서류에는 죽은 걸로 기록했지만, 나는 루카가 죽지 않은 걸 알아."

루카가 도망치다니! 심장이 두근거렸다. 이곳에 와서 들은 가장 반가운 소식이었다.

"루카가 성공했을까?"

"잘 모르겠어. 마을의 농부가 숨겨 줬을지도 몰라."

나는 줄리를 세게 끌어안았다.

"고마워, 줄리! 나에게 기쁜 소식을 알려 줘서."

제냐, 나탈리아, 카타리나가 막사로 들어왔다. 내가 아이들에게 루카 소식을 전하자, 제냐가 말했다.

"우리도 도망칠까?"

"어디로?"

줄리가 물었다.

아무도 대답하지 못했다.

줄리가 돌아가고 난 뒤, 우리는 각자 생각에 빠졌다. 언제까지 폭탄을 만들어야 할까. 우리도 이곳에서 도망칠 수 있을까.

13장
갈색 설탕

밤새도록 연합군의 폭탄이 떨어지는 소리가 들렸다. 사이렌 소리가 시끄러웠다. 나는 루카가 무사하기를 기도하다가 가까스로 잠이 들었다. 폭탄이 세상을 뒤덮는 꿈을 꾸었다. 식당 줄에 폭탄이 줄지어 서 있고, 침대에 폭탄이 누워 있었다. 하늘에도 폭탄이 수없이 떠 있어서 온통 회색빛이었다. 그리고 라리사 꿈을 꾸었다. 라리사가 품에 폭탄을 아기처럼 안고 있었다. 나는 울면서 잠에서 깨어났다.

다음 날, 폭탄을 만드는 방에 갔더니 선반이 비어 있었다. 밤새 누군가가 폭탄을 가져갔겠지. 나는 화약의 양을 재서 폭탄 앞부분에 채우는 나의 손을 내려다보았다. 유리벽 뒤에서 남자가 지켜보고 있기 때문에 양이 넘치거나 부족하지 않게 조심했다. 폭탄을 만드는 내 손이 내 것이 아닌 것 같았다.

셋째 날도 똑같이 흘러갔다. 시간이 흘러도 폭탄에 대한 두려움은 줄어들지 않았다. 밤마다 나 때문에 누군가 죽을 수 있다는 생각에 잠을 잘 수가 없었다.

폭탄을 만드는 일은 절대로 익숙해지지 않을 것 같았다. 하지만 몇 주일이 지나자 우리는 익숙해져 가고 있었다. 처음보다는 긴장이 풀렸고, 우리가 일하는 공장에 폭탄이 떨어지지도 않았다. 병원 표시를 달아 놓은 것이 정말 효과가 있는 것 같았다.

우리 여섯 명은 점심시간에도, 기차 안에서도 함께했다. 하지만 우리가 하는 일에 대해서는 절대 이야기하지 않았다. 우리는 다른 아이들이 씻고 돌아오기 전, 우리만의 몇 분을 기다렸다. 토요일 오후나 일요일에 함께 있을 때도 있지만 대부분 나탈리아가 마을에 일을 나가 없을 때가 많았다. 하지만 나탈리아가 새로운 소식이나 음식을 가지고 돌아오는 일요일 저녁에는 샤워장에 모여서 도란도란 이야기꽃을 피웠다.

10월의 마지막 일요일이었다. 나탈리아가 샤워장으로 들어오는데 기분이 좋아 보였다. 나탈리아가 개수대 끝에 걸터앉자, 우리는 궁금한 얼굴로 모였다.

"이걸 가져오느라 얼마나 힘들었는지 상상도 못 할 거야."

나탈리아가 낡은 원피스 안 깊숙한 비밀 주머니에서 종이봉투를 꺼내 펼쳤다. 갈색 설탕이었다.

"손을 펴 봐."

나탈리아는 종이를 살살 털어서 우리 손바닥에 갈색 설탕을 조금씩 덜어 주었다. 우리는 달콤한 설탕을 핥아 먹었다. 이렇게 맛있는 음식을 언제 먹었는지 기억조차 나지 않았다. 소련군이 쳐들어왔을 때도 먹지 못했고, 독일군이 쳐들어오고는 더더욱 먹지 못했다.

마지막으로 달콤한 음식을 먹었던 기억이 떠올랐다. 갈색 정장을 입은 낯선 독일 여자는 나와 라리사에게 이런저런 이야기를 물어보면서 사탕을 주었다. 만일 그때 사탕을 받지 않았더라면 라리사와 나는 무사했을까. 할머니가 돌아가신 것도 우리가 사탕을 먹었기 때문일까. 눈물이 날 것 같았다. 나는 생각을 떨치려고 눈을 깜빡였다.

제냐는 손바닥을 가만히 들여다보고만 있었다.

"이 설탕 말이야, 폭탄 만들 때 넣는 화약 같아. 아니, 샤워장 밖에 있는 흙이 화약이랑 더 비슷한 것 같기도 하고……."

카타리나는 손바닥 위의 설탕을 한 톨도 남기지 않고 먹은 뒤 제냐의 설탕을 바라보았다.

"이렇게 하면 어떻게 될까? 우리가 만일……."

나탈리아가 말을 꺼내려다가 멈추었다. 우리 모두 나탈리아를 쳐다보았다.

"폭탄 안에 흙을 넣으면 어떻게 될까?"

숨이 멎는 것 같았다. 아주 위험한 생각이었다.

"그러면 폭탄이 터지지 않을 거야."

제냐가 말했다. 제냐는 아직도 설탕을 먹지 않았다.

"하지만 공장에 흙을 어떻게 가지고 들어가지?"

카타리나가 물었다.

"내가 설탕을 가지고 온 것과 똑같은 방법으로. 속주머니에 넣어 가면 돼."

나탈리아의 말에 우리는 서로를 바라보았다.

과연 우리가 해낼 수 있을까. 혹시라도 들키면 어떡하지. 하지만 감독관이 주머니 속에 있는 흙까지 찾아내지는 못할 거야. 이렇게 위험한 일을 꼭 해야 할까. 물론!

카타리나가 눈을 반짝이며 말했다.

"메리 언니가 해머로 폭탄을 살짝 덜 누르면 부품이 딱 들어맞지 않을 거야. 그러면 폭발하기 전에 산산조각 날지도 몰라."

나는 걱정스럽게 말했다.

"폭탄을 망가뜨리는 방법은 여러 가지야. 하지만 우리는 감시당하고 있어. 언제나."

가을이 지나고 겨울이 왔다. 주위에 작은 변화들이 생겼다. 수개월 동안 폭탄이 낮이고 밤이고 떨어지더니 지금은 연합군의 폭격기가 하늘을 새까맣게 뒤덮었다. 독일의 도시들 대부분이 무너졌다는 소식이 들렸다. 수용소의 군인 몇 명은 군복을 벗어 놓고 도망쳐 버렸다. 그러자 남아 있는 장교와 군인들은 모든 게 우리 탓이라는 듯 더욱 잔인해졌다. 슈미트 장교는 점호 시간에 한 포로의 대답이 거슬린다며 그 자리에서 방아쇠를 당겼다. 우리는 숨 쉬는 것조차 조심스러웠다.

폭탄 공장에서 일을 마치고 돌아오는 길에 창밖을 내다보다가 믿을 수 없는 광경을 보았다. 누더기를 입은 난민들이 줄을 지어 도시를 가로질러 가고 있었다. 우리처럼 굶어 죽을 것 같은 사람들도 있었지만 낯빛이 좋아 보이는 사람들도 있었다. 우리와 함께 기차에 탄 독일인들이 뭐라고 속삭였다. 나는 몰래 엿들었다. 아마도 소련군이 독일군을 몰아내고 있다는 소식 같았다.

전쟁이 수용소 가까이 다가올수록 도시는 더 많이 부서질 것이다. 사람들은 전쟁을 피해서 서쪽으로 옮겨 갔다. 하지만 서쪽으로 가도 독일군과 더 가까워질 뿐이었다.

11월의 어느 추운 저녁, 기차에서 내리자 줄리가 나와 있었다. 눈가가 빨갰다.

"너한테 줄 게 있어. 빨리 와 봐."

줄리는 내 손을 붙들고 자기 막사로 끌고 갔다. 우리 말고는 아무도 없었다. 줄리 침대는 가장 아래층에 히터가 있는 자리였다. 줄리는 침대 밑에 손을 집어넣어 낡은 가죽 신발 한 켤레를 꺼냈다.

"누가 오기 전에 얼른 신고 가."

수용소에서 신발은 황금만큼이나 귀했다. 신발을 어디에서 구했을까. 이런저런 생각이 들었지만 우선은 발부터 밀어 넣었다. 헐렁하지만 나쁘지 않았다. 추위에 발이 부르텄는데 신발을 신으니 살 것 같았다. 나는 신발을 신고 걸음마를 배우는 아기처럼 줄리를 따라 조심조심 걸었다.

병원 앞에 트럭이 멈춰 서 있는 것이 보였다.

"저 트럭은 뭐야?"

줄리가 눈물을 글썽였다.

"거기 가지 마."

하지만 나는 트럭으로 향했다.

트럭 뒤에는 비쩍 마른 포로들의 시체가 쌓여 있었다. 하나같이 얼굴이 고통으로 일그러진 채였다. 그중 한 명은 내가 폭탄 공장으로 옮겨 간 뒤에 잉게 아줌마를 돕던 여자였다. 모두 맨발로 누워 있었다. 나는 내 발을 내려다보고 신발이 어디서 났는지 깨달았다. 미안함에 심장이 터질 것만 같았다. 나는 또다시 다른 사람의 죽음으로부터 도움을 받은 것이다.

"신발을 땅에 묻는 것보다 네가 신는 게 더 낫잖아."

줄리가 중얼거렸다.

나는 나에게 신발을 남긴 사람을 위해 조용히 기도했다. 트럭 위 시체들은 대부분 모르는 얼굴이었다. 어디에서 온 사람들이며 왜 죽은 것일까.

"오늘 무슨 일 있었어?"

"독일군이 동쪽으로 도망쳤는데 소련군이 그곳에 있던 수용소를 덮쳤대. 소련군이 수용소에 있던 포로들을 풀어 줬나 봐. 오늘 아침 여기에 도착했는데 추위와 배고픔으로 다 죽어 가고 있었어. 슈미트 장교는 저 사람들이 쓸모가 없다며 음식을 낭비하지 않겠다고 결정했어. 그래서 러시아 수프에 독약을 타라고 했대."

줄리가 눈물을 삼켰다.

먹은 것도 없는데 목구멍에서 시큼한 물이 올라왔다. 나와 친구들이 수용소가 아닌 공장에서 점심을 먹어서 다행이라고 안심해야 할지, 신발이 생겨서 감사해야 할지 알 수 없었다. 나도 언제 저 트럭 뒤에 실린 시체가 될지 모르니까.

"독약에 대해서 소문을 들은 적은 있지만 아무리 나치라고 해도 그렇게까지 할지는 몰랐어."

내 말에 줄리가 손등으로 눈물을 닦았다.

"러시아 수프를 풀 때 국자를 따로 쓰는 건 그래서라고 들었어."

나는 고개를 숙여 신발을 바라보다가 다시 트럭의 시체들을 보았다.

"나치는 반드시 벌을 받게 될 거야. 포로들에게 폭탄을 만들라고 하기 전에 신중하게 생각했어야 했어."

나는 이를 꽉 깨물었다.

14장
금발 머리 소녀

해가 바뀌어 1944년이 되었다. 하지만 수용소에서 새해를 기뻐할 일은 없었다. 장교와 군인들만 음식을 조금 특별하게 먹고 축배를 들었다. 우리에게는 그냥 평범한 금요일 밤이었다. 나는 히틀러를 위해 폭탄을 만드는 새해를 보내고 싶지 않다고 기도했다.

우크라이나의 크리스마스는 다음 주 목요일(우크라이나의 크리스마스는 1월 7일이다.-옮긴이)이었다. 7번 막사에 있는 아이들은 담요를 덮어쓰고 숨죽여 찬송가를 불렀다. 일 년 전, 나는 라리사와 할머니와 함께 있었다. 내가 전쟁고아가 되어 수용소에 있을 거라고는 생각도 못 했다. 그때는 먹을 것이 모자라고 부모님이 없어도, 머리 위를 가려 줄 지붕이 있고 사랑하는 할머니가 있었는데……. 이제는 내가 가진 모든 것에 대해 고마워해야 한다는 걸 알았다.

유리벽 뒤에 있는 남자는 우리를 예전만큼 철저하게 감시하지 않았다. 신문을 가져와서 처음부터 끝까지 다 읽었다. 신문을 읽느라 적어도 15분 동안은 우리 쪽을 보지 않았다. 가끔 자리를 비울 때도 있었다. 처음에는 몇 분만 비우다가 점점 반나절을 비우는 일도 생겼다.

우리는 전쟁에서 독일군이 밀리고 있다는 걸 느낌으로 알아차렸다. 변화는 작은 곳에서부터 시작되었다. 공장에 독일 남자들이 나타나지 않기 시작했다. 빈자리는 일해 본 적이 전혀 없는 독일 주부나 나치스 청소년단 팔띠를 두른 어린 소년들로 채워졌다. 우리는 유리벽 뒤의 남자도 도망가기를 간절히 바랐다. 하지만 남자는 자리를 비우는 시간이 길어질 뿐, 결국은 자리로 돌아왔다.

어쨌든, 우리는 폭탄을 망가뜨릴 기회를 얻었다. 매일 아침 우리는 주머니에 흙을 담아서 공장으로 날랐다. 나는 남자가 자리에 있더라도 신문을 읽고 있을 때 폭탄 앞부분에 화약 대신 흙을 채워 넣었다. 나탈리아는 남자가 자리를 비울 때면 폭탄 안쪽을 냉각수로 적시는 비밀 작업을 했다. 그렇게 하면 폭탄 안에 있는 화약이 제대로 터지지 않을 거라고, 우리는 믿었다.

어느 날 아침, 남자가 보이지 않았다. 책상 위에는 하루 지난 신문과 먹다 남은 커피 잔이 놓여 있었다. 도망친 걸까. 우리는 남자가 없는 동안 열심히 폭탄을 망가뜨렸다. 나탈리아는 화약을 냉각수에 흠뻑 적셨다. 콜딧에도 냉각수를 부었다. 비비 아줌마가 여러 나라말로 쓴 쪽지도 함께 넣었다.

우리가 연합군을 위해 할 수 있는 유일한 방법입니다.

그런데 점심시간 전에 남자가 돌아왔다. 망가뜨린 부품으로 폭탄 하나를 막 완성하려는 순간이었다. 우리는 속으로 기뻐서 어쩔 줄 모르다가 애써 심각한 표정을 지었다. 만일 남자가 자세히 살폈다면 콜딧이 번들거린다는 것을 알아차렸을 텐데, 그러지 않았다. 그는 떨리는 손으로 가방을 열고 책상에 신문을 신경질적으로 내려놓았다. 그리고 신문을 몇 장 뒤적이다가 나가 버렸다.

우리는 계속해서 터지지 않을 폭탄을 만들었다. 12시가 되자, 우리는 농담을 하며 평소처럼 손을 씻었다. 식당 직원이 우리에게 음식을 가져다줘서 다행이었다. 무 수프는 배가 부르지 않지만 생명을 이어 주는 유일한 음식이었다.

수프를 한 숟가락 떠서 입에 가져가는 순간 쿵하는 소리가 울렸다. 손에서 숟가락이 날아가 벽에 부딪치고, 나는 의자에서 떨어져 나뒹굴었다. 무슨 일이 일어났는지 알아보려고 일어났다가 천장을 보고 얼어붙어 버렸다. 회색 타일이 있던 자리에 별 모양으로 구멍이 나 있었다. 구멍 바로 아래에 우리가 있고, 우리 앞의 탁자 한가운데 가늘고 작은 폭탄이 박혀 있었다.

시간이 멈춘 것 같았다. 우리가 만든 폭탄과 크기와 색깔은 비슷하지만 길쭉하지 않고 물방울 모양이었다. 아직 폭발하지 않은 폭탄이었다!

"도망쳐."

나는 친구들에게 소리를 질렀다. 하지만 친구들도 나처럼 멍하게 얼어 있었다.

우리는 붙어 버린 발을 겨우 움직여 공장으로 향하는 문으로 갔다. 다행히 잠겨 있지 않았다. 제냐, 메리 언니, 비비 아줌마, 나탈리아, 카타리나와 함께 문을 빠져나갔다. 그리고 젖 먹던 힘을 다해 복도를 뛰었다. 복도 끝에 다다랐을 때, 엄청난 소리와 함께 땅이 미친 듯이 흔들렸다. 우리는 바닥에 나뒹굴었다. 주위를 둘러보았다. 문짝이 날아다니고, 뜨거운 공기와 불꽃이 복도를 좇아 나오며 우리를 삼키려고 했다.

"일어나! 어서!"

카타리나가 내 팔을 잡아당기며 소리쳤다. 발을 헛디뎌서 발목이 아팠다. 메리 언니가 출입문을 열었다. 우리는 모두 중앙 현관으로 뛰어나갔다. 밖으로 나오자마자 한 덩어리가 되어 땅바닥에 뒹굴었다. 연기가 우리 뒤를 바짝 쫓으며 피어올랐다.

우리는 서로 손을 내밀어 일으켜 주었다. 사이렌이 요란하게 울리고 주위에서 건물이 무너지는 소리가 들렸다. 갑자기 차가운 공기가 불어왔다. 정신을 차리고 보니 여섯 명 모두 살아 있었다. 우리는 기적적으로 살아남았다.

나치스 청소년단 팔띠를 두른 소년들이 우리를 건물에서 멀리 떨어진 곳으로 데려갔다. 살아남은 사람들이 피를 흘리며, 겁에 질려서 갈팡질팡하고 있었다.

나는 숨을 깊이 들이마시면서 울음을 참았다. 제냐와 비비 아줌마는 공장을 가리키며 무언가 얘기하고 있었다. 그곳을 돌아보니 숨이 턱 막혔다. 공장의 반이 폭탄을 맞아 무너졌고, 우리가 폭탄을 만들던 곳은 속이 빈 채 껍데기만 남아 있었다. 우리가 몰래 만든 폭탄이 망가져 버려서 실망스러웠다. 하지만 우리가 흙을 채우고, 화약에 냉각수를 부어서 공장 사람들의 생명을 살린 것을 깨달았을 때, 기쁨이 밀려왔다. 한편으로는 걱정도 되었다. 나치들이 우리가 만든 폭탄이 터지지 않았다는 걸 눈치채면 어떡하지. 우리를 가만두지 않을 텐데…….

나는 제냐를 바라보았다. 제냐는 나와 눈이 마주치자 고개를 슬며시 끄덕였다. 같은 걱정을 하고 있는 것이다.

"너, 그리고 너. 가서 구급상자 가져와."

한 장교가 짜증 난 표정으로 걸어오더니 나치스 소년들 중 키 큰 아이들 몇 명을 가리켰다. 장교의 군복은 빳빳하고 부츠와 금속 장식은 햇빛을 받아 반짝반짝 빛났다. 불타는 건물과 피어오르는 검은 연기와 전혀 어울리지 않았다.

장교는 공장 감독관에게 물었다.

"소방 호스가 어디에 있지?"

카타리나가 다리를 절뚝거리면서 내 어깨에 기댔다.

"발목을 삐었어."

나탈리아는 머리를 다치고, 메리 언니는 손을 다쳤다.

그때, 검은 자동차가 공장에 들어섰다. 창문이 열리더니, 금발 머리를 말아 올린 여자가 고개를 내밀었다.

"프란츠, 집회에 늦겠어요."

장교가 여자를 쳐다보더니 귀찮다는 듯이 장갑을 낀 손을 내저었다.

여자의 머리가 다시 차 안으로 들어갔다. 차창으로 금발 머리를 땋은 어린 소녀가 보이고, 그 옆에 조금 더 큰 금발 머리 소녀가 보였다.

나는 그만 주저앉을 뻔했다. 내가 저 아이를 본 적이 있던가. 소녀가 눈을 가늘게 뜨고 밖을 내다보았다. 눈빛이 나한테 머물렀다. 그리고 놀란 얼굴로 나에게 손을 내밀었다. 뭐라고 말을 했지만, 주위가 시끄러워서 들리지 않았다. 소녀의 입 모양은 이렇게 말하는 것 같았다.

"언니, 제발 가지 마."

내가 꿈을 꾸고 있는 것일까.

나는 몸이 앞으로 고꾸라질 듯이 손을 내밀었다.

금발 머리 소녀도 창밖으로 몸을 내민 채 손을 흔들었다. 하지만 여자가 소녀를 꾸짖으며 창문을 올렸다. 금발 머리 소녀의 모습이 사라졌다.

내 동생 라리사일까. 하지만 라리사가 왜 나치 장교의 차 안에 있는 걸까. 아니다. 불가능한 일이었다.

15장
용기

폭탄 공장이 폭격을 맞으면서 우리가 할 일은 없었다. 이제 우리는 쓸모없게 되어 버린 걸까. 나는 그렇지 않기를 바랐다. 우리는 다친 사람, 다치지 않은 사람 모두 마구잡이로 기차에 태워져서 수용소로 보내졌다. 제냐는 내 옆에 앉았고, 비비 아줌마와 나탈리아는 복도에서 낮은 목소리로 속닥거렸다. 기차에 사람이 별로 없었기 때문에 카타리나는 발을 뻗고 잠이 들었다. 메리 언니는 혼자 앉아서 창밖으로 폭격을 맞은 마을을 바라보았다. 우리는 아직 죽음의 문턱까지 다녀온 충격에서 헤어나지 못하고 있었다.

금발 머리 소녀의 얼굴이 마음을 어지럽혔다. 정말 라리사일까. 아니면 헛것을 본 걸까. 그 소녀가 라리사라면 어쨌든 내 동생은 살아 있는 거다. 하지만 라리사가 나치가 된 걸까? 그래도 죽은 것보다는 나을 것이다.

어지럽고, 지치고, 배가 고프고, 슬펐다. 나는 눈을 감고 제냐의 어깨에 머리를 기댔다.

귀청이 떨어질 듯한 두 번의 충격에 잠에서 깨어났다. 기차가 끼익 소리를 내며 멈췄다. 카타리나가 쿵 소리를 내며 의자에서 굴러떨어졌다. 잠시 동안, 아무 일도 없다가 갑자기 연기가 피어올랐다. 또 폭탄이 터진 걸까. 문으로 뛰어가서 손잡이를 잡아당겼지만 밖에서 잠겨 있었다. 나는 문을 두드리며 소리를 질렀다.

"문 좀 열어 주세요. 여기 사람이 있어요."

나치스 청소년단 소년들이 문으로 달려와 손을 뻗었지만 빗장에 손이 닿지 않았다. 연기가 우리를 에워쌌다. 창밖으로 한 소년이 나무를 타고 올라가서 빗장을 푸는 모습이 보였다. 소년은 겨우 빗장을 풀고 땅으로 떨어졌다. 그리고 다음 칸의 문을 열기 위해 달렸다.

문이 열리자, 신선한 공기가 밀려들었다. 제냐는 카타리나가 일어나도록 부축했다. 우리는 허둥지둥 기차 밖으로 도망쳤다. 선로에는 지치고 삐쩍 마른 포로들이 모여 있었다. 아직 피를 흘리는 포로도 있었다. 나와 나이가 비슷한 나치스 청소년단 소년이 이런저런 명령을 했다. 하지만 우리 여섯은 무엇을 해야 할지 몰라서 가만히 서 있을 뿐이었다.

"난 여기에 있지 않을 거야."

메리 언니가 재빨리 오스타베이터 배지를 뜯어서 땅에 버렸다. 그리고 비비 아줌마의 팔을 잡고 말했다.

"아줌마도 나와 같이 가요."

비비 아줌마도 오스타베이터 배지를 뜯었다. 둘은 곧바로 도망쳤다.

어디로 가려는 것일까. 이곳에서 폭탄으로부터 안전한 곳은 없었다. 게다가 도망치다가 잡히면 그 자리에서 죽는다. 하지만 나는 비비 아줌마와 메리 언니의 용기가 부러웠다.

나는 제냐에게 물었다.

"우리도 가야 할까?"

제냐의 눈에 두려움이 보였다.

"어떻게 해야 할지 모르겠어."

우리는 그나마 새 옷을 입은 덕분에 수용소에서 나온 포로 티가 많이 나지는 않았다. 하지만 삐죽삐죽 자란 머리와 삐쩍 마른 몸은 우리가 포로임을 아주 확실히 드러냈다.

저 멀리 수용소가 보였다. 나탈리아가 제냐와 나를 바라보았다.

"이곳에 있으면 안 돼. 기차가 언제 폭발할지 몰라."

그러고는 발목을 삔 카타리나를 붙들고 수용소가 있는 곳으로 천천히 걷기 시작했다. 나와 제냐도 둘을 따랐다.

미끄러운 신발을 신고 걷는 일은 어려웠다. 얼음길을 피해서 조심조심 걸었다. 우리 넷은 연기가 피어오르는 기차를 보기 위해서 잠시 멈췄다. 맙소사, 아이가 갖고 놀다가 찌그러뜨린 장난감 같았다. 불길이 솟아오르고, 검은 구름이 나선형으로 높이 솟았다. 우리는 손으로 입을 막고 서둘러 걸었다. 나탈리아가 옳았다. 기차는 언제 폭발할지 알 수 없었다. 걷는 내내 자꾸만 라리사를 닮은 금발 머리 소녀가 떠올랐다.

수용소에 도착했을 때, 몸은 얼음이 되어 버렸다. 수용소 안은 대낮처럼 밝았다. 군데군데 불꽃이 피어오르고 있었다. 이곳에도 폭탄이 떨어진 것이다.

우리가 문으로 들어서자 줄리가 뛰어나왔다. 줄리는 나와 제냐를 얼싸안으며 눈물을 흘렸다.

"살아 있어서 정말 다행이야."

"여기에도 폭탄이 떨어졌어?"

줄리가 고개를 끄덕였다.

"너희 막사에 폭탄이 떨어졌어. 그때 아무도 없어서 얼마나 다행인지 몰라."

"또 어디에 폭탄이 떨어졌어?"

"세탁실. 잉게 아줌마가 죽었어."

가슴이 아팠다. 잉게 아줌마는 수용소에서 나를 따듯하게 대해 준 유일한 독일인이었다.

"장교 식당도 폭탄을 맞았어. 하지만 아무도 죽진 않았어."

끔찍한 생각이지만, 장교들이 식사를 할 때 폭탄이 떨어졌다면, 하는 속마음이 들었다. 장교 몇 명이 죽었다면 조금은, 아니 많이 기뻤을 것이다. 그런 생각을 하며 불타는 장교 식당 옆을 지나는데 포로 한 명이 뛰어나왔다. 불에 그을린 머리에서는 연기가 나고 팔에는 보따리가 들려 있었다. 그런데 총소리가 나더니 포로가 쓰러졌다. 들고 있던 보따리가 땅바닥에 쏟아졌다. 햄 반 조각과 달걀 몇 개였다. 우리는 총소리가 난 곳을 쳐다보았다.

슈미트 장교가 우리를 보더니 총구를 겨누며 말했다.

"도둑질은 용서할 수 없어."

사람들이 굶어 죽어 가고 있는데 타고 있는 음식이 더 중요할까.

줄리는 장교를 피해 우리를 병원으로 데려갔다.

"내가 응급 처치를 해 줄게. 의사랑 간호사들도 모두 도망갔어."

진료실 안은 다친 포로들로 가득 차서 앉을 자리가 없었다. 하지만 사람들 체온 덕분에 따듯해서 몸이 녹았다.

줄리가 물과 소독약을 가져와서 얼굴과 머리의 상처를 소독해 주었다. 머리는 다친 줄도 몰랐다. 그리고 따듯한 물에 발을 씻긴 뒤, 소독약을 발라 주었다. 피와 먼지가 씻겨 나가자 발바닥과 발목에 바늘로 찌르는 듯한 아픔이 느껴졌다. 발이 벌겋게 부어올랐지만 그래도 따듯하니까 참을 만했다. 소독을 끝내고 줄리가 깨끗한 침대보 한 장을 가져와서 길게 찢었다.

"신발 신기 전에 이걸로 발을 감싸."

"침대보를 찢어서 혼나면 어떡해."

나는 침대보를 얼굴에 대 보았다. 부드럽고 따듯했다. 표백제가 아니라 비누 냄새가 났다.

"나치들이 도망치고 있어. 소련군은 점점 더 가까이 오고 있고. 이곳에서 도망치지 않으면 우리 머리 위에서 전쟁이 벌어질 거야. 도망치려면 먼저 안 아파야 해."

줄리는 제냐의 상처를 소독하고 카타리나의 발목에 붕대

를 감아 주었다. 나탈리아의 상처도 돌봐 주었다. 세 소녀는 함께 누워서 잠이 들었다.

나는 발을 천으로 감쌌는데도 아파서 잠들 수가 없었다. 그래서 자리에 앉아 주위를 둘러보았다. 줄리가 바닥에 쓰러진 포로들을 치료하는 것이 보였다. 줄리의 열정과 의지가 놀라웠다. 이따금씩 탕탕 소리가 났다. 슈미트 장교가 또 포로들을 쏘는 소리일까.

줄리가 좀 쉬면 좋겠다는 생각이 들었다. 하지만 줄리는 일을 마치고 병실에서 나갔다. 아직도 할 일이 남은 것일까. 일어나려고 했지만 발에 침대보를 너무 단단하게 감아 놓았다. 나는 침대보를 풀고 신발을 신은 뒤 줄리를 따라갔다. 줄리는 복도 끝에 있는 작은 사무실로 들어갔다. 간호사와 의사들이 쓰던 사무실이었다.

그런데 문이 열리더니, 줄리가 총을 들고 굳은 얼굴로 나왔다. 줄리는 문밖에 서 있는 나를 보고 소스라치게 놀랐다.

"총으로 뭘 하려는 거야?"

"꼭 해야 할 일을 할 거야. 총알이 들어 있어."

"총 쏘는 법을 배웠어?"

"나는 네가 모르는 많은 일을 할 줄 알아."

줄리는 나를 지나쳐서 뚜벅뚜벅 복도를 걸어갔다. 그리

고 현관을 나섰다.

"줄리, 안 돼."

줄리를 따라가려고 했지만 발이 아파서 자꾸만 느려졌다. 나는 운동장으로 향하는 줄리를 따라잡지 못하고 벽에 기대어 쉬었다. 줄리가 걸어가는 모습을 보니 심장이 터질 것만 같았다.

슈미트 장교가 허리에 총을 차고서 아직 부서지지 않은 건물 주위를 거들먹거리며 걸었다. 그러다가 손에 총을 들고 있는 줄리를 발견했다. 슈미트 장교의 얼굴에 충격과 공포가 드러났다.

"그 총 내려놔."

"더 이상 당신의 명령을 따르지 않을 거예요."

줄리가 총을 장교의 머리에 겨누었다. 슈미트 장교의 눈이 놀라움으로 커졌다.

"자, 내 말 들어. 총 내려놔. 어서."

그사이 장교가 허리춤에서 총을 빼 들었다. 하지만 줄리가 빠르게 방아쇠를 당겼다. 엄청난 총소리가 허공을 흔들었다. 슈미트 장교의 몸이 뒤로 확 젖혀졌다. 하지만 비틀거리면서 똑바로 섰다. 군복 어깨가 피로 물들었다. 줄리는 망설이지 않고 방아쇠를 한 번 더 당겼다. 이번에는 총알이 바닥을 스치며 빗나가 버렸다.

슈미트 장교가 웃으며 줄리를 향해 방아쇠를 당겼다. 쿵 하고 울리는 소리가 잇따라 들렸다. 줄리와 장교 모두 바닥에 쓰러졌다. 장교의 얼굴에서 피가 흘렀다. 나는 곧바로 줄리에게 달려갔다. 줄리의 허리에서 흰 작업복 위로 붉은 피가 피어올랐다. 줄리가 나를 보고 웃었다.

"리다, 이제 안전해. 어서 도망쳐."

줄리가 눈을 감았다.

"줄리, 제발 눈 좀 떠 봐."

줄리의 옆구리를 받치고 들어 올리려고 했지만 몸이 자꾸만 늘어졌다. 몸을 마구 흔들어도 줄리는 꼼짝도 하지 않았다. 나는 조심스레 줄리의 눈을 감겨 주고 눈을 파헤쳐서 흙 한 줌을 모았다. 줄리를 땅에 묻어 줄 수는 없지만 이대로 두고 갈 수는 없었다. 나는 줄리의 몸에 흙 한 줌을 뿌리며 내가 아는 모든 기도를 했다.

마지막으로 줄리의 이마에 입을 맞추었다.

"고마워, 줄리. 너는 내가 아는 누구보다 용감해."

마음이 무너지는 것 같았지만 빨리 움직여야 했다. 우리가 탈출할 수 있도록 줄리가 죽은 거니까, 줄리가 바라는 대로 해야 했다. 나는 땅을 딛고 일어나서 서둘러 병원으로 향했다. 나쁜 생각들이 나의 숨통을 조여 왔다. 오늘은 라리사와 비슷하게 생긴 나치 소녀를 보았고, 자매처럼 지낸 줄리를 잃었다.

나는 병원 문을 열고 복도로 향했다. 따듯한 공기가 나를 감쌌다. 안에서 웅성거리는 소리가 들렸다. 다친 사람들을 돌보는 줄리는 더 이상 여기에 없었다. 나 먼저 도망칠 수도 있지만 우선 내가 도울 수 있는 사람들을 도와야 한다. 제냐는 나와 함께 탈출할까. 카타리나와 나탈리아는 어떻게 할까.

나는 병실로 들어갔다.

"저쪽으로 가."

나치스 청소년단 소년이 나에게 총을 겨누었다.

16장
지하 세계

소년이 가리킨 곳에는 많이 다치지 않은 포로들이 잔뜩 서 있었다. 한쪽에서는 군복을 입은 어린 소년이 많이 다친 사람들을 구석에 몰아넣고 있었다.

제냐는 없었다. 카타리나와 나탈리아도 보이지 않았다. 많이 다친 포로 무리를 찾아봐도 없었다. 모두 어디로 간 것일까.

"모두 밖으로 나간다. 말썽을 일으키지 않는 것이 좋아."

총을 든 소년이 말했다.

총구 앞에서 포로들 한 줄로 서서 문을 향해 걸어갔다. 불타는 건물과 솟아오르는 연기, 음식을 훔치거나 도망치려다 죽은 시체들로 길이 중간중간 막혀 있었다. 줄리의 시체를 지날 때 내 뒤에 있던 소녀가 헉하고 놀라더니 흐느꼈다. 슈미트 장교의 시체는 이미 사라지고 없었다. 장교가 죽은 자리에 남은 건 눈 위에 얼룩진 핏자국뿐이었다.

천으로 씌워진 군인 트럭이 수용소 문 앞에 서 있었다.

"타, 빨리."

우리는 트럭 바닥에 자리를 잡고 앉았다. 사람들이 빽빽하게 들어차서 모두 무릎을 세우고 웅크렸다. 누군가가 나에게 부딪칠 때마다 나는 미안하다고 말했다. 아프고 힘든 건 나뿐만이 아니라는 걸 잘 알기 때문이었다.

트럭이 움직이기 시작하자, 천막이 바람에 날리고 차가운 겨울바람이 들어왔다. 그 사이로 밤하늘이 보였다. 까만 폭격기들도 보였다. 언제 우리를 폭격할지 몰랐다. 외딴 시골인 데다 밤인데도 불꽃과 연기 때문에 밖이 환했다. 빛이 비쳐 들어 포로들의 걱정스러운 얼굴이 보였다.

"우리는 어디로 가는 거예요?"

나는 혼잣말을 하듯 물었다.

저만치 그림자처럼 앉아 있던 남자가 대답했다.

"다른 수용소로 가고 있어."

그런데 수용소에서 본 적이 없는 여자가 내 얼굴을 살피더니 물었다.

"네가 세탁실에서 일하던 리다니?"

내가 고개를 끄덕이자, 여자가 목에서 무언가를 풀어서 건넸다. 십자가 목걸이였다.

"이거 어디서 났어요?"

"네 친구가 다른 두 친구랑 도망치기 전에 나한테 맡겼어."

심장이 멎는 것 같았다.

여자가 쓸쓸하게 웃었다.

"얘야, 대부분 남자들이 도망쳤는데 소녀 셋도 함께 갔다. 저 멍청한 나치 소년들이 군복으로 갈아입는 동안 도망쳤지. 너를 미친 듯이 찾았지만 더는 기다릴 수 없었어. 한 소녀가 십자가 목걸이를 주면서 너를 만나면 꼭 전해 달라고 부탁을 하더구나. 전해 줄 수 없을 거라고 생각했는데, 이렇게 네가 여기에 있구나."

여자는 내 볼을 어루만졌다.

목걸이를 걸자 마음이 따듯해지는 것 같았다. 친구들이 도망을 치다니! 제발, 제발 무사하기를! 십자가 목걸이가 그동안 제냐를 지켜 주었는데, 이제는 나를 위해서 제냐가 남겨 놓고 떠났구나.

나는 십자가를 손에 쥐고 눈을 감았다. 가죽 줄은 아빠가 만들어 주었지만, 십자가는 아주 오래전부터 첫째 아이에게 대대로 물려주는 물건이었다. 십자가를 다시 목에 거니 가족이 나를 지켜 주는 기분이 들었다. 이대로 죽어 버리면 좋겠다고 생각한 적이 많았지만 죽음은 내가 결정할 수 있는 일이 아니라는 걸 깨달았다. 나에게는 아빠, 엄마를 대신해서 동생을 찾아야 할 책임이 있다는 것도. 겨우 몇 시간 전에 동생이 나치가 아닌지 의심하던 내가 부끄러워졌다. 동생을 판단하려고 한 건 옳지 않았다. 나 역시 나치한테 잡혀 오지 않았던가. 우리는 모두 전쟁이라는 거대한 기계의 작은 부품일 뿐인데……. 여기 어른 군복을 입고 총을 든 어린 나치스 소년들마저도.

"아줌마, 왜 우리를 데려갈까요?"

"우리를 살리려고 그러는 것 같진 않고, 아직도 일을 시킬 포로가 필요한 모양이야."

석유 냄새, 땀 냄새, 소독약 냄새를 맡으며 자다 깨다를 반복했다. 분홍색 드레스를 입은 금발 머리 소녀 꿈을 꾸었다. 소녀는 두려움이 가득한 눈으로 나에게 팔을 내밀었다.

"언니, 살려 줘."

나는 소리를 질렀다.

너무 놀라서 잠시 동안 내가 어디에 있는지 생각이 나지 않았다. 트럭이 덜컹거리며 움푹 파인 도로를 달렸다. 우리는 서로 아프게 부딪쳤다. 얼마나 달렸을까. 몇 시간은 지난 것 같았다. 아침에 톱밥 맛이 나는 빵 한 조각을 먹은 게 전부였다. 배가 너무 고파서 이제는 느낌이 없었다.

드디어 트럭이 멈췄다. 천막이 걷히자 햇빛이 쏟아져 들어왔다. 하늘에 떠 있는 연합군의 폭격기를 보자 마음이 살짝 놓였다. 트럭 뒷문이 끼익 소리를 내며 열렸다.

"전부 내려. 당장."

군인이 곤봉을 무섭게 휘두르며 명령했다.

오래 쭈그리고 앉아 있어서 일어서다가 땅에 떨어질 뻔했다. 남은 힘을 다해 겨우 똑바로 섰다. 이가 없는 여자가 내 팔을 붙잡아 주었다. 우리는 아파도 멀쩡한 척해야 했다. 그건 수용소에서 살아남을 수 있느냐, 머리에 총을 맞느냐를 가르는 중요한 기준이기 때문이다.

우리가 있는 곳이 어디인지 알아보려고 주위를 살폈다. 마을의 끝인 것 같았다. 깔끔한 나무 집들이 자갈길을 따라 늘어서 있고, 뒤에는 낮은 성당과 오래된 묘지가 보였다. 더 멀리에는 산등성이가 펼쳐져 있었다. 이곳은 아직 폭탄이 떨어지지 않은 걸까.

하지만 군인을 따라 걷다 보니, 집들과 도로에 폭격을 맞고 고친 흔적들이 보였다. 다행히 건물들은 무너지지 않았다. 우리는 얼어붙은 자갈길을 조심조심 걸었다.

어느 집 창문에 레이스 커튼이 드리워져 있고, 그 뒤로 사람 그림자가 보였다. 커튼이 살짝 걷히더니, 볼이 발그레한 여자가 우리를 훔쳐보았다. 여자는 나와 눈이 마주치자마자 커튼을 닫아 버렸다. 어쩌면 집 앞을 지나가는 포로들을 날마다 봤는지도 모른다.

길 끝 언덕 위에는 낮은 건물이 있었다. 한때는 크고 튼튼했을 텐데, 지금은 세 벽만 남아 있었다. 이가 없는 여자는 건물을 올려다보는 나에게 이런 건물이 나치군에게 인기가 많다고 말했다. 연합군의 폭격을 한 번 겪어서 다시 폭격을 맞을 위험이 적기 때문이라고 했다.

군인은 건물 옆에 있는 어느 집으로 가서 문을 두드렸다. 우리 열두 명의 포로들은 차가운 자갈길 위에 서서 앞으로 자신들이 어떻게 될지 기다려야 했다.

한참 뒤, 콧수염을 기른 남자가 문을 열었다. 안에서 음식 냄새가 풍겨져 나왔다. 치즈, 양파, 달걀 프라이 냄새. 배 속에서 배고프다고 아우성을 쳤다.

군인이 말했다.

"일꾼들을 데려왔습니다."

남자는 밖으로 나와서 우리를 한 명씩 검사했다.

"손을 내밀어 봐."

나는 손을 내밀었다.

"음, 얘가 좋겠군."

남자는 같은 방법으로 포로들을 검사하고 통과시켰다. 하지만 이가 없는 여자가 마디가 굽은 손을 내밀자, 파리를 내쫓듯이 손을 저었다.

"안 돼. 너무 늙었어."

"아니에요. 저는 일을 아주 잘해요. 보기보다 튼튼합니다."

군인이 여자의 팔을 거칠게 잡아당겼다.

"제가 처리하겠습니다."

나는 여자가 늙지 않았다는 것을 알았다. 아마 레이스 커튼 사이로 우리를 내다보던 여자와 또래일 것이다.

콧수염이 있는 남자는 낮은 건물로 우리들을 데려갔다. 건물 끝은 땅이 꺼진 것처럼 보였다. 돌계단을 따라 내려가니 넓은 지하 창고가 나왔다. 남자가 문을 열고 우리를 들여보냈다.

"너희들은 여기에서 지내게 될 거야."

절망의 냄새가 났다. 아주 익숙한 냄새였다. 어둠에 눈이 익숙해지는 데 시간이 걸렸다. 우리는 곧 이곳이 기계실이라는 걸 알게 되었다. 금속 공장에서 봤던 큰 해머와 연마기가 보였다. 벽을 따라 더러운 지푸라기 매트가 놓여 있는 것도 보였다. 그리고 고약한 냄새만으로도 알 수 있는 큰 통이 놓여 있었다.

이곳에서 일하는 사람들이 우리가 처음이 아니겠지. 우리가 오기 전에 일하던 사람들은 어떻게 되었을까. 나는 우리가 마지막이기를 기도했다.

"잠은 여기서 자고, 화장실은 저걸 사용하도록."

남자가 손으로 매트와 큰 통을 가리켰다.

"음식은 하루에 두 번 가져다줄 것이다. 그리고 이게 바로 너희가 만들 무기다."

남자는 긴 탁자로 가서 아주 큰 총알처럼 생긴 금속 통을 집었다. 그리고 금속 통에 화약을 넣는 과정을 자세히 설명했다. 내가 할 일은 또다시 화약의 양을 재는 일이었다. 이번에는 폭탄이 아니라 탄약을 만드는 일이었다.

"나는 매일 밤 모든 탄약을 검사한다. 잘못 만든 탄약이 있으면 그 자리에서 죽을 것을 각오하도록."

나는 열 명의 포로들을 둘러보았다. 내가 가장 어렸다. 모두 다치고 굶어 죽어 가는 유령들 같았다. 전쟁이 끝날 때까지 몇이나 살아남을 수 있을까. 나는 십자가 목걸이를 만졌다. 이 남자는 왜 금속으로 된 물건을 벗어 놓으라는 말을 하지 않을까. 우리 모두 죽는다 해도 상관없는 걸까. 그래도 십자가가 있어서 다행이었다. 가족이 나를 지켜 주는 것 같았다. 만일 불꽃이 튀어서 폭발한다고 해도 그것도 나쁘지 않을 것이다.

감옥 같은 지하에서 얼마나 오래 지냈는지 모른다. 시간은 악몽과 뒤섞였다. 한 번도 밖으로 나가지 못했다. 밤에는 벼룩이 들끓는 매트에서 잠들었다. 어른들에게 노래를 해 달라고 부탁했지만 모두 눕자마자 곯아떨어졌다. 나를 버티게 하는 힘은 여기에서 나가면 동생을 만날 수 있다는 희망이었다. 누구도 나한테서 희망을 빼앗아 갈 수는 없었다.

날마다 남자가 가져다주는 음식이 유일하게 시간을 알려 주었다. 남자가 문을 열면 낙엽과 함박눈과 진눈깨비 냄새가 났다. 겨울이 끝나 가는 것일까. 라일락 향기를 기다리지만, 봄은 절대 오지 않을 것 같았다.

동생 라리사의 꿈을 더 자주 꾸었다. 나치 장교의 검은 자동차에 탄 라리사를 닮은 소녀의 얼굴이 기억 속에서 점점 사라져 갔다. 내 어깨에 앉아 라일락 꽃송이를 따기 위해 손을 뻗던 라리사의 얼굴은 더욱 생생해졌다. 나는 꿈속의 라일락 향기가 이곳의 더러운 냄새를 없애 주기를 간절히 바랐다. 그리고 수용소에서 만났던 친구들을 떠올렸다. 루카, 제냐, 나탈리아, 카타리나. 한 번만이라도 꼭 다시 만나고 싶었다. 그리고 줄리를 위해 기도했다. 나에게 자유를 주기 위해 죽음을 무릅썼는데, 이렇게 또 갇혀 있어서 미안했다. 하지만 언젠가는 꼭 줄리에게 자랑스러운 내가 될 것이라고 믿었다.

17장
초콜릿

날마다 지하에 들어와서 탄약을 챙겨 가고, 지저분한 음식 찌꺼기를 가져다주는 남자가 증오스러웠다. 우리와 바깥세상을 이어 주는 유일한 사람이지만…….

그런데 어느 날부터 남자가 오지 않았다. 다음 날에도 마찬가지였다. 남자가 사라졌다.

우리는 금속 통과 화약이 떨어질 때까지 탄약을 만들었다. 더 이상 탄약을 담을 상자가 없어서 탁자 위에 올렸다. 하지만 탄약으로 가득 차서 계속 굴러떨어졌다.

음식이 바닥났다.

이미 아주 적은 음식으로 버티는 데 익숙해졌지만 아무것도 먹지 않고 살아가는 것은 불가능했다. 톱밥 맛이 나는 빵과 묽은 무 수프만 먹다 보니 팔다리는 막대기처럼 가늘어지고, 이가 흔들거렸다. 발에 난 상처는 아물지 않아 고약한 냄새가 나고, 무릎도 삐걱거렸다. 나는 벼룩이 들끓는 침대에 누워 동생만은 살아 있기를 바라며 죽음을 기다렸다. 시간이 얼마나 흘렀을까.

바닥이 흔들렸다.

벽에서 돌이 굴러떨어졌다. 폭탄이 떨어진 걸까. 이것이 나의 마지막일까. 눈을 감았다.

문을 치는 소리가 크게 들렸다. 나는 눈을 뜨고 일어나 앉았다. 내 주위에 누워 있던 포로들이 겨우 일어나서 비틀거리며 걸었다. 누군가 내 팔을 잡아 일으켜 주었다. 발이 아플 정도로 바닥이 차가웠다.

우리는 겁에 떨며 방 뒤쪽으로 모였다. 모두 팔을 둘러 한 사람도 떨어지지 않도록 뭉쳤다.

쿵, 쿵, 쿵……, 밖에서 부츠를 신은 발이 강하게 문을 차자 문이 부서졌다. 신선한 바람 한 줄기가 얼굴에 닿았다. 공기가 믿을 수 없을 만큼 달콤했다. 바깥 공기를 마신 지 얼마나 오래되었던가.

군인이 문을 박차고 들어왔다.

나치가 아니었다. 나치의 상징이 새겨진 팔띠를 차고 있지 않았다. 모자도 각이 잡혀 있지 않은 둥근 모양이었다. 우리는 무슨 일인지 알 수 없어 눈만 깜빡였다. 군인이 주머니로 손을 가져갔다. 총을 꺼내려는 것일까. 다행히 그건 아니었다. 군인은 손수건을 꺼내서 코를 막았다. 우리한테 엄청나게 지독한 냄새가 날 테니까. 쥐구멍에라도 숨고 싶었다. 저 사람도 나치처럼 우리를 돼지라고 생각하는 건 아닐까.

군인은 알아들을 수 없는 말을 했다. 발에 넝마를 감고 눈에서 진물이 흐르는 포로 한 명이 군인의 말을 알아듣고 우리에게 전해 주었다.

"이 사람은 미국군이야. 나치가 완전히 항복했대. 이제 우리를 치료해 주고 음식을 주겠대."

환호성을 지르고 싶었지만 몸이 약해져서 쉰 소리만 나왔다. 마음은 기쁨의 눈물을 흘렸지만 온몸의 물이 말라서 눈물조차 나오지 않았다. 정말로 전쟁이 끝났다면, 이제 동생을 찾아서 집에 갈 수 있을까.

군인이 다시 말을 하자, 포로가 빠르게 알려 주었다.

"걸을 수 있는 사람이 몇 명이고 들것이 필요한 사람이 몇 명인지 알려 달래."

우리는 너무 오래 굶주려서 서 있는 것조차 힘들었다. 하지만 어떻게든 스스로 문밖으로 나가기로 했다. 우리는 승리한 사람들이기 때문이다. 우리는 서로 의지하며 끔찍한 지하를 벗어나 밝은 빛을 향해 한 걸음씩 걸어 나갔다.

햇빛이 바늘처럼 눈을 찔렀다. 손으로 얼굴을 가렸다. 어깨 위에 따듯한 손길이 느껴졌다. 그리고 알아들을 수 없는 언어로 나에게 말을 건넸다. 나는 주저 없이 목소리를 따랐다. 한 마디도 알아듣지 못하지만 나를 사람으로 대한다는 느낌이 들었다.

나는 의자에 앉아서 두 손을 무릎에 내려놓았다. 군인이 나를 걱정스럽게 쳐다보더니 컵을 자신의 입에 가져가 보였다가 나에게 건네주었다.

나는 허겁지겁 컵을 받아 마셨다. 시원하고 깨끗한 물이 바짝 말라 부풀어 오른 목구멍을 단비처럼 적셨다. 급히 마시다가 숨이 막힐 뻔했지만 계속해서 마셨다. 물맛이 이렇게 달다니.

군인은 주머니에서 은박으로 포장된 작은 물건을 꺼내 내 손에 쥐어 주었다.

이번에도 손을 입에 가져가는 시늉을 했다.

"초콜릿이야."

초콜릿이라고? 초콜릿이라는 단어는 알아들었다. 내가

알던 초콜릿과 다른 모양이었다.

군인은 내 손에서 초콜릿을 가져가서 껍질을 벗겼다. 네모난 갈색 초콜릿을 내 코밑에 내밀었다가 다시 손에 올려 주었다.

나는 코에 대고 냄새를 맡았다. 천국 같은 냄새가 났다. 독일의 비밀 여경이 준 사탕과 달랐다. 초콜릿을 한 입 베어 물려고 했지만 이가 너무 약해져서 딱딱했다. 군인이 다시 초콜릿을 가져가서 여러 조각으로 잘라 주었다. 한 조각을 입에 넣고 혀로 녹였다. 달콤한 맛이 입안 가득 퍼졌다. 초콜릿 조각이 천천히 녹았다. 나는 눈을 감고 따듯하고 부드러운 맛을 느꼈다.

더 먹으려고 했더니 군인이 고개를 흔들었다. 그리고 남은 초콜릿을 포장지에 싸서 내 손에 쥐어 주었다. 초콜릿을 빼앗으려는 게 아니라 한 번에 다 먹지 말라는 말인 것 같았다.

나는 주위를 둘러보았다. 뒤쪽으로 오래된 집들이 늘어선 자갈길이 보였다. 흰 별이 새겨진 트럭 몇 대가 길가에 세워져 있었다. 탱크도 한 대 있었다. 머리와 이가 깨끗하고 키가 믿을 수 없을 만큼 큰 미국 군인들이 텐트를 치고 이야기를 하느라 바빴다. 길 건너 파란 대문 집에서 볼이 붉은 여자가 레이스 커튼 사이로 밖을 내다보았다. 전에 보았던 여자였다. 여자는 두려움이 가득한 눈길로 나와 내 옆에 있는 군인을 쳐다보았다. 나는 참을 수 없을 만큼 화가 났다. 자기 집에서 몇 발짝 떨어지지 않은 곳에서 우리가 굶어 죽어 가고 있었는데……. 여자는 우리에 대해 한 번이라도 생각한 적이 있었을까. 지금 여자는 자신에게 닥칠 일만 두려워하고 있겠지.

군인이 나의 눈빛을 알아채고는 내 팔을 부축해 여자의 집으로 데려갔다. 문을 두드렸지만 대답이 없었다. 창문에서 사라지는 것을 보았는데도 답을 하지 않았다. 군인이 발로 문을 세게 찼다.

안으로 들어가자 벽난로 위에 검은 리본이 둘러진 히틀러의 초상화가 걸려 있었다. 아래에는 검은 리본이 둘러진 군복을 입은 젊은 남자의 사진이 있었다. 집안의 가구는 낡았지만 깔끔했다. 여자는 거실과 주방 사이에 웅크린 채로 숨어 있었다.

군인이 나에게 집을 둘러보라는 손짓을 했다. 나는 커튼 뒤에서 우리를 훔쳐보던 여자를 마주 보았다. 여자를 미워하는 마음이 나를 힘들게 했다. 사진 속 남자는 아들일까. 히틀러를 위해 싸우다가 죽었을까. 히틀러도 죽었을까.

여자는 나와 눈이 마주치자 독일어로 말했다.

"원하는 건 뭐든지 줄게."

나는 여자를 따라 주방에 들어갔다. 여자는 싱크대 서랍을 하나씩 열어서 자신이 얼마나 가진 게 없는지 보여 주었다. 피클이 담긴 유리병뿐이었다. 가장 욕심나는 건 만든 지 오래되어 보이는 검은 빵 한 덩어리였다. 입안에 침이 고였지만, 이렇게 가진 것이 없는 여자에게 차마 달라고 할 수 없었다.

여자가 빵을 잘라 나에게 건넸다. 나는 독일어로 인사를 하고 향긋한 호밀 빵 냄새를 들이마셨다. 톱밥 맛이 나는 빵 말고 진짜 빵을 먹어 본 게 얼마 만인지. 먹고 싶은 마음이 굴뚝같았지만 작은 초콜릿 한 조각으로 이미 배 속에서 난리가 났다. 눈앞에 음식이 있는데도 먹을 수가 없었다. 나는 빵 조각을 주머니에 넣었다. 음식을 가지고 있다는 사실만으로도 마음이 든든해졌다.

여자의 집에서 나오자 군인들이 다른 집들의 문을 열고 있었다. 포로들이 독일인의 집에서 치즈나 청어 절임 등 먹을 것을 가지고 나왔다. 어떤 포로는 나치군이 전선에서 빼앗아서 가족에게 보낸 물건을 들고 나오기도 했다.

우리에게 미국군의 말을 전달해 준 남자는 품 안에 나무로 만든 커다란 성모상을 안고 나왔다. 몸이 약해서 성모상을 들기에 버거워 보였지만 남자의 얼굴은 비장했다. 군인이 남자를 도와주었다. 눈물이 나올 것 같았다. 고향에 있는 갈매나무 성당에서 나치군이 훔쳐 간 성모상과 너무도 비슷했기 때문이다. 군인은 성모상을 담요에 말아서 조심스럽게 트럭에 실었다.

나는 남자 옆으로 다가가서 트럭이 떠나는 것을 지켜보았다.

"성모상을 어디로 가져가는 거예요?"

"우크라이나 신부님이 난민 캠프에 임시 성당을 만드셨다는구나."

나는 주머니에서 빵을 꺼내 반으로 갈라 남자에게 주었다. 남자는 빵을 입으로 가져갔지만 먹지는 않았다.

18장
기도

간호사는 나한테서 라리사를 빼앗아 갔고, 의사는 어린 아이들의 피를 뽑아 죽였다. 군인들이 나를 병원으로 데려갔을 때, 나는 놀라서 쉬지 않고 소리를 질렀다.

간호사는 나에게 목욕을 해야 한다며 원피스를 벗기고 줄을 세웠다. 나는 벌거벗은 채로 덜덜 떨면서도 샤워장에 들어가지 않겠다고 소리를 지르고 발버둥을 쳤다. 결국 간호사는 나를 번쩍 들어서 안으로 데리고 들어갔다. 물이 옷과 가죽 신발에 튀어도 개의치 않았다. 따듯한 물이 머리부터 얼굴로 쏟아지자, 나는 간호사가 엄마라도 되는 양 매달렸다. 그러자 간호사가 나를 무릎에 앉히고 자장가를 부르면서 머리를 부드럽게 감겨 주었다. 수개월 동안 손톱과 귀에 낀 때도 닦아 주었다. 비누 거품으로 발과 다리의 상처를 부드럽게 어루만져 줄 때는 소리 내어 울어 버렸다. 등과 팔꿈치의 상처도 부드럽게 씻어 주었다. 누군가의 보살핌을 받은 적이 너무 오래되어서 나는 어쩔 줄을 모른 채 가만히 있었다.

비누에서 라일락 향기가 났다. 표백제와는 전혀 달랐다. 진짜 샴푸로 머리를 감아서 조금도 따갑지 않았다. 간호사는 목욕이 끝나자 수건으로 몸을 닦아 주고 원피스를 돌려주었다. 옷을 머리에서부터 뒤집어쓰는데 퀴퀴한 벼룩 살충제 냄새가 코를 찔렀다. 다시는 살충제 냄새를 맡고 싶지 않았다.

나는 신부님과 성모상이 있는 임시 성당에 가고 싶었다. 하지만 간호사 아스트리드가 아직은 그곳에 갈 수 없다며 나를 병원으로 데려갔다. 복도에는 흰 침대가 늘어서 있었다. 지푸라기가 아닌 진짜 매트가 놓인 침대였다. 침대에는 머리에 붕대를 감고 있거나 다리에 깁스를 한 포로들이 누워 있었다.

아스트리드는 빈 침대에 나를 눕히고 팔에 주사를 놓으려고 했다. 하지만 나는 손을 거세게 때렸다. 나를 치료하는 거라는 걸 알지만 수용소 병원에서 어린아이들이 당했던 끔찍한 기억이 떠올랐다.

"나를 믿어."

아스트리드가 미국식 억양이 섞인 우크라이나어로 말했다.

나는 심호흡을 하고 눈을 감았다. 아스트리드를 믿으려고 노력했다. 얼마 뒤, 의사가 와서 내 발과 다리를 치료해 주었다. 참을 수 없을 만큼 아팠다. 내가 기어서 도망치려고 하자 아스트리드가 나를 붙잡았다. 그래도 계속 도망치려고 하자, 나를 침대에 묶겠다고 겁을 주었다.

"제발 나를 믿어."

치료가 끝나자, 식사 시간이었다. 처음에는 몇 숟가락밖에는 먹을 수 없었지만, 차츰 위가 튼튼해져서 더 먹을 수 있었다. 배 속은 항상 먹을 걸 달라고 배고픈 사자처럼 울어 댔다. 아스트리드만 허락한다면 쉬지 않고 먹을 수 있을 것 같았다.

아스트리드가 아주 친절하고 헌신적이라는 걸 아는데도 치료를 할 때마다 수용소의 기억들이 떠올랐다. 어서 빨리 병원에서 나가고만 싶었다. 빨리 라리사를 찾아서 고향으로 가고 싶었다.

발에 난 상처가 아물어 가자, 아스트리드는 연고를 발라 주었다. 여전히 따끔거리고 아팠지만 많이 나았다는 게 느껴졌다.

어느 날, 아침을 먹고 나자 아스트리드가 커다란 종이봉투를 가져다주며 웃었다.

"열어 봐."

안에는 두꺼운 울 양말과 내 발에 맞는 가죽 부츠가 들어 있었다. 눈물이 흘렀다. 줄리가 준 신발은 닳아서 없어진 지 오래였다. 난민 캠프에는 항상 옷이 부족한데 신발은 더더욱 구하기 어려웠다. 그런데 아스트리드가 신발을 선물해 준 것이다.

"고맙습니다."

나는 영어로 인사를 했다. 처음으로 배운 영어였다.

6월 초라서 따듯하지만 울 양말의 느낌이 아주 좋았다. 나는 부츠 끈을 조이고 몇 발짝 걸어 보았다. 조금씩, 내가 다시 사람처럼 살게 되는 게 느껴졌다.

"이제 곧 퇴원할 거야."

아스트리드가 라리사를 데려간 간호사와 많이 닮았다는 생각이 들 때마다 기분이 이상해졌다. 그때, 독일 간호사도 자신이 아이들을 치료하고 있다고 믿었을까. 알 수 없었다.

아스트리드는 나를 임시 성당이 있는 난민 캠프에 데려가도 좋다는 허락을 받았다. 병원에서 캠프까지는 그리 멀지 않지만 가는 데 시간이 꽤 걸렸다. 도로가 난민들로 북적이기 때문이었다. 난민들은 제각각 무리 지어 어딘가로 향했다.

"캠프를 옮겨 다니면서 헤어진 사람들을 찾는 거야."

나는 지나가는 사람들의 얼굴, 특히 금발 머리의 소녀들을 유심히 살펴보았다. 하지만 라리사와 닮은 아이는 보이지 않았다. 사람들은 알아들을 수 없는 수십 가지의 말로 이야기를 나누며 모여 있었다. 줄무늬 넝마를 입은 사람들이 많았다. 해골같이 마른 얼굴로 빵 조각이나 피클 병을 세상에서 가장 귀한 보물인 양 안고 다니는 사람도 있고, 낡은 손가방과 가족사진을 들고 다니는 사람도 있었다. 어떤 사람은 나치가 빼앗아 온 중국 접시를 쌓은 수레를 끌었고, 난민이라고 하기에는 건강해 보이는 사람들도 있었다.

도로는 폭탄이 떨어진 자리마다 구멍이 뚫려 있고, 아직 터지지 않은 지뢰들이 있었다. 하지만 아스트리드는 요리조리 지뢰를 잘 피했다.

"다 왔어."

아스트리드는 오래된 벽 앞에 차를 세웠다. 돌 틈새마다 종이 수백 장이 꽂혀 있었다.

"이곳은 전에 수녀원이었어."

수백 장의 종이가 펄럭이는 광경에 숨이 멎을 것 같았다. 아빠가 소련군에게 잡혀갔을 때 기도가 금지되었다. 그래서 엄마는 종이를 접어서 한밤중에 갈매나무 성당에 갔다. 신부님도 처형되고 성당도 문을 닫아서 그곳에 가는 건 위험한 행동이었다. 다음 날, 나는 성당에서 벽 틈새에 꽂혀 있는 종이를 발견했다. 아빠가 집으로 무사히 돌아오기를 비는 엄마의 기도가 적혀 있었다. 나는 종이를 입에 넣고 성찬식을 하듯이 삼켰다. 나도 아빠가 집으로 돌아오기를 바랐지만, 엄마가 종이를 들켜서 위험해지는 건 원하지 않았다. 그 일은 나만 알고 있는 비밀이었다.

아스트리드는 내 손을 잡고 종이들이 펄럭이는 담벼락을 지나갔다. 손을 뻗으니 종이 하나에 손에 닿았다.

드로호비치에서 온 안야주크, 이반을 찾음.

1945년 6월 2일

다른 종이도 읽었다. 모두 헤어진 사람들을 찾는 내용이었다.

"여기에 종이를 남기면 나중에 문제가 되지 않나요?"

아스트리드가 고개를 저었다.

"리다, 너도 누굴 찾니?"

나는 내 동생 라리사와 루카, 제냐, 카타리나, 나탈리아에 대해서 얘기했다. 마음이 아파 왔다. 소리 내어 울고 싶어졌다. 하지만 나는 마지막 순간까지 희망을 버리지 않기로 다짐했다. 아스트리드가 내 이름과 내가 찾는 아이들의 이름을 적십자에 보내 준다고 약속했다.

"아마 시간이 걸릴 거야. 하지만 언젠가는 꼭 찾을 수 있을 거야."

아스트리드는 내 어깨를 부드럽게 감싸 안으며 난민 캠프로 향했다.

19장
부드러운 목소리

난민 캠프는 표백제 냄새가 났지만 절망의 냄새는 점차 잦아들었다. 벽에 가시철사도 없어졌고, 총을 든 나치 군인도 없었다. 이제는 포로가 아니라 사람들이 살았다.

사람들은 북적거리는 수녀원 건물에 살 곳을 내 달라고 부탁하기도 하고, 부서진 건물에 굽은 철사, 부서진 문, 벽돌 조각 등으로 살 곳을 짓기도 했다.

나는 임시 성당부터 찾았다. 성당은 캠프 뒤쪽에 있는 헛간이었다. 헛간 문이 시끄러운 소리를 내며 열렸다. 부서진 천장에서 강한 햇빛이 쏟아져 내렸다.

나는 눈앞의 광경을 믿을 수 없었다. 깡통을 차곡차곡 쌓고 그 위에 나무 문을 뉘어 만든 재단에, 독일인 집에서 되찾아 온 성모상이 서 있었다. 한쪽에는 금빛 촛대가 놓여 있지만 다른 한쪽에는 흙이 담긴 깡통에 초가 꽂혀 있었다. 벽에는 투박한 나무 십자가가 걸려 있었다.

나는 재단 앞에 무릎을 꿇고 엄마, 아빠, 할머니, 줄리를 위해 기도했다. 모두 평화롭게 잠들기를 기도했다.

나는 이렇게 살아남았다. 나는 살아 있다는 것에 감사 기도를 올렸다. 그리고 루카, 제냐, 카타리나, 나탈리아를 위해 기도했다. 마지막 기도는 언제나 그랬듯이 내 동생 라리사를 위해.

얼마나 오래 기도를 했는지 모르겠다. 일어나려고 하는데 다리가 저려서 잘 움직이지 않았다.

"내가 도와줄게."

저 멀리에서 꿈결처럼 부드러운 목소리가 들려왔다. 나는 위를 올려다보았다.

부서진 지붕 사이에서 햇빛이 쏟아져서 누가 서 있는지 똑바로 쳐다보기가 어려웠다. 하지만 어딘지 낯익은 목소리였다.

누군가 뚜벅뚜벅 다가왔다.

"루카?"

"사람들이 네가 여기 있을 거라고 했어."

루카는 슬픔이 가득한 눈으로 무릎을 꿇고 내 팔을 잡아

주었다. 빡빡 밀었던 머리는 많이 자라 있었다.

"리다, 내가 너를 꼭 찾겠다고 약속했지?"

"네가 탈출하던 날 네 꿈을 꿨어."

루카가 웃었다.

"나도 너를 생각했어. 너를 두고 온 걸 얼마나 후회했는지 몰라."

우리는 임시 성당에서 함께 나왔다. 이제 발이 괜찮아졌지만 루카는 계속해서 나를 잡아 주었다.

"그때 어떻게 탈출한 거야?"

"걸어서 나간 건 아니야. 낮에는 사람들이 너무 많고 밤에는 경비가 철저하니까."

"그럼 어떻게 탈출했는데?"

"병원에서 시체를 어떻게 처리하는지 봤지?"

나는 끔찍한 기억에 몸을 떨었다.

"트럭에 쌓아서 밖으로 내보내는 걸 봤어."

루카가 고개를 끄덕였다.

"맞아, 그날 트럭이 많았어. 병원에서 죽은 사람이 많아서. 트럭을 타고 도망쳤어."

나는 내 귀를 의심하며 루카를 쳐다보았다.

"시체 사이에 숨었다고?"

"응."

우리는 아이들이 버려진 잡동사니를 주워서 소꿉놀이를 하고 엄마들이 빨래를 하는 사이사이를 아무 말 없이 걸었다. 루카가 시체들 틈에 숨어 있는 모습을 상상하니 너무 낯설게 느껴졌다.

"아주 끔찍했겠다."

루카는 내 손을 꼭 잡고 숨을 내쉬었다.

"트럭이 수용소에서 어느 정도 멀어졌을 때, 뒤에서 천막을 열고 뛰어내렸어. 밤이어서 숲속에 숨었는데, 다행히 수용소에서 탈출한 다른 사람들을 만났어."

"밤새도록 숲속에 있었어?"

루카는 나를 쳐다보고 있지만 눈빛은 옛날 생각을 하고 있었다.

"사람들과 밤새워 걸었어. 새벽이 되면 나치가 우리를 찾을 테니까. 물론 모두 다 살아남지는 못 했어."

나는 생각에 빠져 캠프 끝에 도착했단 사실도 알아차리지 못했다. 루카가 버려진 트럭 타이어에 앉아 옆자리를 손으로 두드렸다.

"언제 여기에 왔어?"

내가 물었다.

"이틀 전에. 우리 수용소에서 몇 명이 살아남아서 미국군이 병원에 데려갔다는 소식을 들었거든. 만일 네가 살아 있다면 이곳에 있을 거라고 생각했지."

"다른 아이들은 만난 적 있어?"

루카는 고개를 저었다.

"그곳에서 만났던 아이들 중 아무도 본 적이 없어."

루카와 나는 많은 시간을 함께 보냈다. 난민 가족들이 임시로 살 곳을 짓고, 음식을 나눠 주고, 어린아이들과 놀아주는 등 할 일이 많았다. 루카는 다른 사람들에 비해 아주 건강했고, 나도 무 수프보다 나은 음식을 먹으니 많이 건강해졌다. 루카는 또래 소년들과 함께 지냈다. 나는 수녀원 건물 안의 한구석에 짐을 풀었다.

아침마다 적십자 사람들이 오면 라리사의 소식이 있는지 확인했다. 하지만 대답은 늘 같았다.

"미안하다, 얘야. 다음번에는 너를 위해 좋은 소식을 가져올게."

나는 붉은 곱슬머리 캐나다 여자에게 물었다.

"혹시 독일에 관련된 서류를 확인할 수 있는 방법이 있을까요?"

“독일에 관련된 서류?”

“동생이 독일 사람들이랑 같이 있는 걸 본 것 같아서요.”

나는 말끝을 흐렸다. 나치 장교 가족과 함께 있던 아이가 라리사라는 걸 인정하고 싶지 않았기 때문이다.

“독일군이 후퇴하면서 기록을 모두 없앴어. 하지만 할 수 있는 데까지 찾아볼게.”

가슴이 먹먹했다. 동생을 찾을 수 있는 길이 있기는 한 걸까. 라리사가 차 안에 있던 나치 장교 가족과 함께 살고 있다면 아직까지 자기 이름을 쓰고 있을까.

그날 오후, 루카와 나는 밀가루와 설탕으로 만든 빵을 먹었다.

“포기하지 마. 지금 네가 할 수 있는 일은 동생을 계속 찾는 일뿐이야. 동생도 아마 너를 찾고 있을 거야.”

루카의 말이 맞다. 날마다 벽에 끼워져 있는 종이를 읽다 보면 언젠가는 라리사로부터 온 편지를 발견할 것이다.

루카도 날마다 벽에 꽂힌 종이를 확인했다. 아빠와 엄마를 찾고 있기 때문이었다. 루카의 아빠는 아직 시베리아에 있거나 죽었을지도 모른다. 하지만 엄마는 독일에 포로로 잡혀갔기 때문에 어느 날 갑자기 연락이 올지도 몰랐다.

20장

질투

난민 캠프에서 하루하루가 지나갔다.

아침마다 우리는 임시 학교에 모여 우크라이나어와 영어, 수학, 역사, 지리를 배웠다. 오랫동안 진짜 나이보다 많은 척하고 살아 왔기 때문에 또래 열한 살 아이들과 어울리는 것이 어색했다. 대부분의 아이들은 나만큼 힘들게 살아남았지만, 운 좋게 조부모나 부모와 함께 지낸 아이들도 있었다. 그런 아이들은 왠지 특별하고 남달라 보였다. 질투가 났다. 그러면 안 되는데 자꾸만 질투가 났다.

가족이 있는 특별한 아이들을 보면 참을 수 없이 외로웠다. 루카를 다시 만난 건 정말 고마운 일이지만, 나는 라리사를 찾아야만 했다. 아직까지 동생의 소식은 하나도 듣지 못했다. 동생을 빼앗긴 뒤로 항상 나의 반쪽이 사라진 것만 같았다. 우리는 피를 나누고, 추억을 나누고, 사랑을 나누고, 생각을 나눈 자매이니까.

파니 젬루크 선생님은 예전에 리비프의 고등학교에서 학생들을 가르쳤다. 우리에게 관심이 많았고, 숙제를 꼼꼼하게 검사했다. 나는 다른 아이들이 나가서 놀 때도 깡통 두 개와 긴 나무판자로 만든 의자에 앉아서 책을 보았다. 영어를 빨리 배우고 싶어서였다.

배울 수 있게 되었다는 건 정말 큰 축복이었다. 파니 젬루크 선생님은 짬이 날 때마다 내 옆에 앉아서 틀린 부분을 바로잡아 주고 다른 숙제도 내 주었다. 가끔은 이런저런 이야기를 나누기도 했다.

나는 선생님에게 동생을 찾는다는 이야기를 털어놓았다. 그리고 전쟁 중에 무슨 일을 했는지 고백했다. 나치 비밀 여경한테 사탕을 받은 이야기와, 그래서 할머니가 돌아가시고 동생을 잃게 되었다며 선생님의 어깨에 기대어 울었다.

"그건 네 잘못이 아니야. 어떤 굶주린 아이가 사탕을 마다할 수 있겠니. 그건 어쩔 수 없는 일이었어."

파니 젬루크 선생님은 나를 토닥여 주었다. 그리고 주의를 주었다.

"리다, 체르니베츠카에서 왔다고 하지 마. 그곳은 지금

우크라이나 중에서도 소련이 점령했기 때문에 너를 소련으로 보낼지도 몰라."

"하지만 저는 고향으로 돌아가고 싶어요."

"네가 살던 고향은 더 이상 없어. 그리고 너는 나치 수용소에 있었기 때문에 소련으로 돌아가면 처벌받을 거야."

나는 손등으로 눈물을 훔치며 선생님을 바라보았다.

"말도 안 돼요. 난 나치에게 강제로 잡혀간 건데요."

"소련에서는 상관 안 해. 어쨌든 나치를 위해 일한 건 벌을 받게 될 거야."

"병원에서 이미 저에 대해서 알아요. 게다가 고향을 바꾸면 동생을 만날 수도 없잖아요."

선생님은 내 앞머리를 손으로 빗어 넘겨 주었다.

"네가 우선 해야 할 일은 살아남는 거야, 리다. 지금까지는 아주 운이 좋았지만, 앞으로 자유롭지 못하다면 동생을 만날 수 없어."

마음이 조각조각 부서지는 것 같았다.

점심시간에 루카와 나는 뜨거운 콩 수프와 크래커를 받아서 성당으로 향했다. 성당은 한낮에 시원하고 조용했다. 우리는 벽에 등을 기대고 나란히 앉았다.

진하고 뜨거운 수프를 한 숟가락 떠서 후후 불었다. 이곳에서는 콩 수프가 가장 많이 나왔다. 콩 수프를 좋아하진 않지만 지긋지긋한 배고픔에서 벗어나게 해 준 소중한 음식이었다. 나는 한 숟가락을 천천히 먹고 또 한 숟가락을 떠서 식을 때까지 기다렸다. 루카는 김이 올라오는 뜨거운 수프를 마셨다. 당장 다 먹지 않으면 누군가 빼앗기라도 하는 것처럼.

"엄마 소식 들은 거 있어?"

내가 물었다.

루카는 고개를 젓고 계속 수프를 마셨다. 나는 파니 젬루크 선생님이 해 준 이야기를 루카에게 들려주었다. 루카는 바로 대답하지 않았다. 그릇에 남은 수프 한 방울까지 깨끗이 먹었다. 그러고는 크래커를 입에 넣고 우적우적 씹었다. 마지막 조각까지 다 먹고 나서야 루카는 대답을 했다.

"내 생각에는 선생님이 틀린 것 같아."

루카의 말을 들으니 혼란스러웠다.

"그럼 우리가 소련으로 가야 한다는 거야?"

"오늘 아침에 러시아에서 온 붉은 군대(1917년 볼셰비키 혁명 이후 공산당이 만든 소련군으로 연합군과 함께 독일군에 맞섰다.-옮긴이) 군인들이 교실에 들어와서 소식을 전해 줬어."

가슴이 두근거렸다.

"무슨 소식?"

"아빠가 키예프에 살아 있대. 거기서 약국을 한대."

"다행이야, 루카!"

"군인들이 내일 아침에 다시 올 거래. 나를 고향으로 데려다준대."

루카의 말은 돌덩이처럼 내 마음을 짓눌렀다. 라리사를 찾지는 못 했지만, 루카가 나와 함께 있었다. 항상 오빠처럼. 그런데 다시 헤어져야 하다니. 나는 왜 항상 혼자인 걸까. 나는 루카에게 아무 말도 할 수 없었다. 그저 그릇에 담긴 수프만 바라보았다. 더 이상 입맛이 없었다.

루카가 내 볼에 흐르는 눈물을 닦아 주었다.

"리다, 나랑 같이 갈래?"

루카와 함께 돌아가도 될까. 하지만 라리사가 독일 어딘가에 살고 있다면 서로 만나기 힘들지 않을까.

"나는 내일 아침에 떠나야 해. 아침에 작별 인사를 해 줘. 마음이 바뀌면 나랑 같이 가자. 네가 결정해."

21장
루카, 안녕

밤새 뒤척이느라 잠을 이루지 못했다. 고향으로 돌아가서 전쟁 때문에 잃어버린 것들을 다시 만드는 일을 돕는다면 얼마나 행복할까. 루카와 함께 키예프로 갈 수도 있을 것이다. 내가 간절히 부탁한다면, 루카의 아빠가 나를 보살펴 줄지도 모른다.

하지만 파니 젬루크 선생님의 말이 사실이라면 나는 어떻게 될까. 선생님이 틀렸다고 해도 한 가지 사실은 확실했다. 내가 루카와 함께 떠난다면 다시는 라리사를 찾을 수 없다는 것이다. 동생이 없는 곳은 나의 집이 아니다.

다음 날, 나는 새벽같이 일어나서 루카를 찾아갔다. 루카는 작은 옷가방에 모든 것을 담았다. 신부님이 주신 성경, 선생님이 주신 공책, 옷 세 벌이 전부였다. 우리는 사람들의 기도가 담긴 종이가 펄럭이는 벽을 지나 붉은 군대의 트럭을 기다렸다. 피곤하고 지쳐 보이는 어른 셋과 파니 젬루크 선생님도 있었다. 선생님은 루카 옆에 내가 서 있는 것을 보고 깜짝 놀랐다.

그때, 트럭이 길 끝에서 모습을 드러냈다. 트럭은 먼지를 뿜으며 천천히 다가왔다.

"나와 함께 갈 거야?"

루카가 물었다.

파니 젬루크 선생님이 내 어깨에 손을 두르며 말했다.

"리다는 가지 않을 거란다."

선생님의 얼굴에 걱정과 두려움이 가득했다. 나는 루카를 향해 돌아섰다. 루카는 실망스럽지만 포기하지 않은 얼굴이었다.

나는 숨을 크게 쉬고 대답했다.

"루카, 나는 함께 가지 않을 거야."

루카가 가방을 내려놓고 나를 안아 주었다.

"네가 나와 함께 가기를 바라지만 왜 가지 못하는지 이해해. 항상 건강해야 해. 키예프에서 아빠를 만나면 너에게 편지 쓸 방법을 찾아볼게. 언젠가는 너희 자매를 만나는 날이 있겠지."

“꼭 그랬으면 좋겠어.”

천막으로 덮인 트럭이 멈춰 서자 공포감이 밀려왔다. 나치의 상징 대신 망치와 낫과 붉은 별이 그려진 것을 빼고는 우리가 끌려갈 때 탔던 것과 똑같은 트럭 같았다.

흙먼지를 일으키며 트럭이 멈추자, 젊은 장교가 내렸다. 장교는 어른 세 명에게 다가가서 이름을 확인하고 우리에게 다가왔다.

“네가 키예프에서 온 루카 바루코비치구나. 그런데 너는 누구니?”

완벽한 우크라이나 억양이었다. 장교는 녹갈색 눈을 내 눈높이에 맞추고 미소를 지었다.

“오늘 우리와 함께 고향으로 가겠니?”

장교는 친절하고 너그러워 보였다. 아빠를 잡아간 거친 군인과는 달랐다. 아마도 내가 오해를 하고 있는지 몰랐다. 전쟁이 끝났으니까 군인들도 변했을지도. 루카와 함께 떠나기를 얼마나 기다렸던가. 다시 홀로 남겨지는 일은 끔찍했다. 하지만 아직은 때가 아니었다.

“저는 동생을 찾아야 해요.”

“소련 적십자에서 동생을 찾는 걸 도와줄 거다. 동생 이름이 뭐고 태어난 도시가 어디지?”

장교가 펜을 명단으로 가져갔다.

내가 대답을 하려는데, 선생님이 아플 정도로 세게 내 어깨를 움켜쥐었다. 올려다보니 선생님은 입만 웃을 뿐 굳은 표정으로 말했다.

"아이들은 얌전히 있어야 한다."

순간 펜을 내려놓는 장교의 얼굴에 분노가 스치는 것이 보였다. 가면 뒤에 무서운 얼굴이 숨어 있는 것 같았다.

선생님은 나를 그곳에 붙잡아 두려는 듯 어깨를 꽉 잡고 있었다.

나는 루카를 바라보며 말했다.

"나랑 여기에 있자."

"나는 고향으로 돌아가야 해, 리다. 아빠가 기다려."

루카의 목소리가 초조했다. 마침내 루카는 트럭 뒷자리에 가방을 던져 넣고 올라탔다. 어른 세 명도 트럭에 올랐다. 트럭이 출발했다. 선생님과 나는 길을 걸으며 루카가 떠나는 것을 지켜보았다. 트럭이 가는 길을 따라 소련 국가가 흘러나왔다. 트럭이 눈앞에서 사라졌다. 그제야 선생님이 내 어깨를 잡은 손에 힘을 풀었다.

"소련군한테 네가 누구인지 절대로 얘기해서는 안 돼."

"하지만 저기 종이에도 사람들 이름이 적혀 있는 걸요."

나는 수녀원 벽 틈새에서 펄럭이는 종이들을 가리켰다.

선생님이 고개를 끄덕였다.

"그래. 그래서 소련군이 저 종이를 하나하나 확인하고 있어."

난민 캠프로 돌아오면서 많은 생각을 했다. 루카는 고향으로 돌아갔고, 나는 혼자 남았다. 루카의 선택이 옳았기를, 또한 나의 선택도 옳았기를.

어린아이들이 술래잡기를 하면서 즐겁게 내 곁을 뛰어다녔다. 아무도 나에게 신경 쓰지 않았다. 지난 몇 년 동안, 나는 행복한 아이들을 본 적이 없었다. 뛰어노는 아이들을 보니 라리사 생각이 더 많이 났다. 지금쯤 무엇을 하고 있을까. 자동차 안에 타고 있던 소녀가 정말 라리사라면, 난민 캠프에 오지는 않을 것이다. 그리고 종이에 자기 이름을 적어서 벽에 꽂지도 않을 것이다. 어디에 있든 무사하기만 하다면…….

나는 아침을 먹으려고 그릇과 컵을 챙겨서 줄을 섰다. 매일 아침, 줄을 설 때마다 수용소에서 먹던 묽은 무 수프와 갈색 차가 떠올랐다. 이곳에서 주는 음식은 맛있지는 않지만 불평할 수 없었다. 무 수프보다는 훨씬 훌륭하기 때문이다.

난민 캠프에서 몇 주일을 지내는 동안, 수백 명의 난민이 들어왔다. 내 앞에 길게 줄을 선 사람들을 보고 있으니 각양각색의 옷들이 눈에 띄었다. 어린 소녀는 나치 깃발을 잘라 머리에 두건으로 쓰고 있었다. 한 남자 옷에는 '장티푸스'라는 글자가 씌어 있었다. 또 한 여자는 신문으로 샌들을 만들어 신었다. 대부분의 사람은 소매를 자른 군복 웃옷이나 밑단을 접은 바지로 옷을 만들어 입었다. 나치군 표시를 떼어 냈지만, 아직도 군복만 보면 소름이 끼쳤다.

나는 눈썹에 땀방울이 송글송글 맺힌 미국 군인에게 그릇을 내밀었다. 군인은 한가득 콩 수프를 담아 주었다. 캠프에서 오래 지낸 난민들은 콩 수프를 '초록색 공포'라고 불렀다. 하지만 나는 무 수프만 아니면 어떤 음식이라도 좋았다.

그릇을 들고 조용한 장소를 찾았다. 성당으로 가면서 루카가 함께 있다면 좋겠다는 생각을 했다. 나는 벽에 등을 기대고 뜨거운 콩 수프를 떠먹었다. 걸쭉한 수프가 입안과 목구멍을 가득 채웠다. 음식으로 배가 차는 느낌이 좋았다.

"너, 혹시 리다야?"

나는 깜짝 놀라서 하마터면 그릇을 떨어트릴 뻔했다. 나보다 약간 나이가 많은 소녀가 서 있었다. 부드러운 금발 머리와 붉은 볼이 햇빛에 빛났다. 목소리가 귀에 익었다. 누더기에 붙어 있는 배지를 보니 7번 막사에 있던 아이였다.

"나탈리아?"

소녀는 웃으며 고개를 끄덕였다.

나는 반쯤 먹은 수프 그릇을 내려놓고 벌떡 일어나서 나탈리아를 안았다. 나탈리아의 수프를 쏟지 않으려고 조심하면서. 우리는 서로를 안아 주고 어깨를 나란히 기대 앉아 아침을 먹었다.

"여기엔 언제 왔어?"

"어제 밤늦게."

"어디에서?"

"가족을 찾아서 캠프를 돌아다니다가 어젯밤에 이곳에 도착했어."

"가족을 찾았어?"

나탈리아가 고개를 저었다.

"카타리나와 제냐는 어디에 있어?"

"그날 수용소에서 함께 도망친 뒤에 몇 주 동안 숲속에 숨어 있었어. 그런데 그만 카타리나가 지뢰를 밟아서 죽었어."

카타리나를 생각하니 마음이 에이는 듯했다.

"제냐는?"

나는 두려운 마음으로 물었다.

"나와 제냐는 봄이 올 때까지 폭탄이 떨어져서 부서진 집들 지하실을 옮겨 다니면서 숨어 지냈어. 먹을 수 있는 건 뭐든지 다 먹으면서 버텼어. 그러다가 영국군한테 구출됐어. 그런데 영국군이 난민을 나눌 때 제냐는 유태인 캠프로 보냈고, 나는 폴란드 캠프로 보냈어. 지난주에 제냐를 찾아갔는데 잘 지내는 것 같았어. 주방에서 일하고 있대."

나는 목에 걸린 십자가를 만졌다. 따듯했다. 제냐가 무사하다니, 정말 감사했다.

"루카 소식은 들었어?"

나탈리아가 물었다.

"여기에서 루카를 만났어."

나는 루카가 몇 주 동안 캠프에서 지내다가 새벽에 고향 키예프로 돌아갔다는 얘기를 해 주었다.

"붉은 군대 장교가 그러는데, 루카의 아빠가 살아 있대."

나탈리아가 불안한 얼굴로 나를 바라보았다.

"제발, 그 말이 사실이어야 할 텐데……."

22장
잃어버린 것들

루카가 키예프로 떠나고 나탈리아가 도착한 날을 잊을 수 없다. 나탈리아는 아침을 먹은 뒤 수업을 듣고 수업이 끝난 뒤에는 나와 함께 캠프를 돌면서 가족의 소식을 물었다. 저녁에는 수녀원 벽에 꽂힌 종이를 하나하나 꼼꼼히 읽었다. 종이를 읽다가 나탈리아가 눈물을 흘렸다.

"이렇게 많은 사람이 가족을 잃었다니. 모두 가족을 찾을 수 있을까?"

"일단 나를 찾았잖아."

나탈리아가 웃었다.

"맞아. 그래서 정말 기뻐."

나는 나탈리아에게 내가 잠자는 곳에서 함께 지내자고 했다. 우리는 헤어진 친구들과 가족, 전쟁이 끝난 뒤에 먹은 음식, 고향에 가면 하고 싶은 것들에 대해 수다를 떠느라 잠을 이루지 못했다.

"리비프로 돌아갈 거야?"

내가 물었다.

"아직 마음을 못 정했어. 가족을 찾지 못하면 캐나다나 미국으로 이민을 가고 싶어. 가족을 찾는다 해도 리비프로 돌아가기보다는 외국으로 가는 게 좋을 것 같아."

나는 나탈리아를 쳐다보았다.

"왜 고향으로 돌아가고 싶지 않은 거야?"

"그곳은 이제 소련군이 차지했어."

나는 혼란스러웠다.

"파니 젬루크 선생님은 나에게 리비프에서 태어났다고 말하라고 했어. 리비프가 지금 소련군한테 점령당했다면 그런 거짓말을 할 이유가 있겠어?"

"나도 모르겠어. 나처럼 전쟁 전에 폴란드에서 태어난 사람은 스스로 원한다면 떠날 수 있게 해 줘. 하지만 우크라이나에서 태어난 사람들은 선택권이 없어. 고향으로 돌아가야 해."

"그래서 넌 고향 대신 전혀 모르는 나라에 가겠다는 거야?"

"나는 스탈린이 지배하는 나라에서 살지 않을 거야. 히틀러의 지배를 받은 4년이면 충분해."

나는 자리에 누워 나탈리아의 말을 생각했다. 그리고 정말 행복했던 때를 떠올리며 잠이 들었다. 할머니와 아빠와 엄마와 라리사와 라일락이 피던 그곳, 그때.

이제는 너무 먼 이야기 같았다.

한밤중에 시끄러운 소리에 잠에서 깼다. 나탈리아는 깊은 잠에 빠져 있었다. 나는 나탈리아를 깨우지 않고 소리가 나는 쪽으로 향했다.

어둠 속에서 문 옆에 쓰러져 있는 사람의 형체가 보였다. 나는 그곳으로 달려갔다. 파니 젬루크 선생님이 무릎을 꿇고 축 늘어진 남자아이를 안고 있었다. 남자아이의 얼굴과 몸은 피가 범벅이 되어 있었다. 혼자 밖에 나갔다가 공격을 받은 것일까.

선생님은 두려움이 가득한 눈으로 사람들을 둘러보았다.

"이 아이를 안으로 옮길 수 있게 도와주세요."

그러고는 남자아이의 머리가 바닥으로 떨어지지 않도록 겨드랑이에 손을 넣어 일으켰다. 옆에 있던 젊은 남자가 남자아이의 무릎을 붙들고 선생님을 따라갔다.

루카였다!

어떻게 이럴 수가…….

나는 뒤쫓아 가서 루카를 침대에 눕히는 것을 지켜보았다. 불빛이 비치자 루카의 얼굴에 피가 번들거렸다. 옷은 찢어지고 무릎이 깨져 있었다. 손에도 베인 상처가 가득했다.

"리다, 물 한 양동이랑 깨끗한 천 좀 가져다줄래."

나는 양동이에 물을 채우고 벽장에서 붕대를 찾았다. 선생님이 피를 닦아 내고, 머리에 붕대를 감았더니 피가 덜 흘렀다. 그런데 루카는 왜 이곳으로 돌아왔을까. 무슨 일이 일어난 것일까. 백 가지도 넘는 궁금증이 떠올랐다.

루카가 눈을 떴다. 두 눈에 두려움과 고통이 가득했다. 내 손을 잡고 뭐라고 말하려고 했지만 갈라지는 울음소리만 나왔다.

"무슨 일이 일어났는지는 천천히 말해도 돼."

선생님이 말했다.

루카는 심호흡을 몇 번 하고는 겨우 목소리를 찾았다.

"리다, 네가 옳았어. 고향으로 돌아가서는 안 돼."

나는 루카의 손을 꽉 잡았다.

"처음에는 좋았어. 어느 정도 가니까 장교가 차를 멈추고 우리에게 햄과 치즈를 줬어. 우리는 노래하고, 웃고, 전쟁이야기를 했어. 장교는 내가 수용소에 있었던 걸 안쓰럽게 생각하는 것 같았어."

"언제 이상한 걸 느꼈니?"

선생님이 물었다.

"트럭이 미국과 소련 접경 지역에 있는 기차역에 가까워졌을 때였어요. 기차역에는 여러 캠프에서 온 난민 수십 명이 있었어요. 대부분 남자였고, 어린아이와 여자들도 조금 있었어요. 그런데 미국 지역을 벗어나자마자 모든 것이 달라졌어요. 음식도 없었고, 노래도 부르지 않았어요. 갑자기 소련 군인들이 나를 때리고 부츠와 가방을 빼앗았어요. 시베리아 수용소에 가면 이런 물건은 필요가 없다면서요."

"결국 키예프에 데려다주지 않았구나."

"아빠는 오래전에 죽었대요. 그리고 나한테 나치래요."

루카가 눈물을 흘렸다.

"너는 나치의 죄수였을 뿐이야."

"그건 상관없대요. 누구든 나치에게 붙잡힌 적이 있으면 모두 나치래요. 그래서 시베리아 강제 수용소에 가서 다시 교육을 받아야 한대요."

선생님과 나탈리아의 말이 옳았다. 루카는 결국 고향에 가지 못했고 나도 마찬가지일 것이다. 언제나 마음속에 고향으로 돌아갈 꿈을 꾸며 살아 왔다. 라리사와 함께 부모님의 무덤가에 라일락 나무를 심으려고 했다. 하지만 이제 다시는 고향에 돌아갈 수 없게 되었다.

엄마는 어디에서든 아름다움을 찾으라고 했다. 이런 상황에서도 아름다움을 찾을 수 있을까. 나는 절망에 빠진 루카를 바라보았다. 루카는 오늘 아빠를 잃고, 고향을 잃었다. 무엇보다 미래에 대한 희망을 잃었다.

"루카, 내가 있잖아. 나는 너를 떠나지 않을 거야."

나는 루카의 손을 꽉 잡았다.

루카는 오랫동안 아무 말도 하지 않았다. 꽉 감은 눈에서 눈물이 흘렀다. 루카가 얼마나 두려웠을지 마음이 아팠다.

잠시 뒤, 루카가 눈물을 멈추고 나를 바라보았다.

"리다, 네가 나와 함께 가지 않아서 정말 다행이야."

"그런데 어떻게 도망쳤어?"

"장교가 포로들을 줄 세워 놓고 총살했어. 그리고 살아남은 우리는 화물차에 태웠어. 우리는 낡은 바닥을 뜯어내고 구멍을 통해서 기찻길로 내려갔어. 한밤중에 여러 방향으로 흩어졌기 때문에 몇 명이 도망쳐 나왔는지는 몰라. 붙잡히지 않은 게 기적이야. 소련 국경 초소를 지나 미국 지역으로 넘어올 때가 가장 힘들었어. 하지만 행운이 나의 편이었는지 국경을 지키는 소련 군인들이 술에 취해 있었어. 나는 군인들이 잠들기를 기다렸다가 기어서 도망쳤어."

"이제 푹 쉬렴. 너는 안전해."

선생님이 루카를 안심시켰다.

나는 루카 옆에 의자를 가져다 놓고 밤새도록 돌보았다. 루카가 자면서 울면 손을 잡고 괜찮다고 다독여 주었다. 하지만 우리는 정말 안전한 것일까. 우리 중 누구도 고향으로 돌아갈 수 없다는 사실이 슬펐다.

23장
검은 점

루카가 도망칠 때 생긴 바지의 구멍은 나치의 깃발로 덧대고 웃옷의 구멍은 선생님한테 얻은 실로 꿰매 주었다. 루카의 마음에 난 상처도 이렇게 쉽게 아물 수 있다면 얼마나 좋을까.

우리는 더 이상 난민 캠프에 머무를 수 없었다. 소련군이 내 고향도 루카처럼 동부 지역이라는 걸 눈치챘을지도 모른다. 무엇보다 언제 갑자기 소련군이 루카를 찾으러 올지 모른다. 마지막으로 콩 수프를 먹고 나탈리아에게 작별 인사를 했다.

우리는 캠프를 떠돌아다니는 수천 명의 난민을 따랐다. 많은 사람과 함께 이동할 때가 가장 안전하니까. 우리가 한 캠프에 속해 있지 않다면 소련군이 찾아내기 힘들 것이다.

1945년 8월이 올 때까지 우리는 끝도 없이 걷고 또 걸었다. 간호사 아스트리드가 선물해 준 부츠를 신었는데도 발이 아팠다. 폭격을 맞아 무너져 버린 도시와 떠도는 사람들을 보니 마음이 움츠러들었다. 세상이 다시 평화로워질 수 있을까.

나는 고향이나 라리사에 대해서는 입을 열지 않았다. 루카도 조심했다. 누군가에게 가족에 대해 물어볼 때 조심하고 또 조심해야 한다는 것을 몸으로 깨달았기 때문이다.

새로운 캠프에 도착할 때마다 우리는 이런저런 이야기들을 들었다. 소련이 어떤 상황인지, 캠프에 있는 난민을 어떻게 소련으로 돌려보내는지……. 캠프에서 배를 채우고 나면, 루카가 망을 보고 나는 벽에 꽂혀 있는 종이들을 빠짐없이 살펴보았다.

나는 키예프에서 온 '라이사 바루코비치'라는 이름을 보고 숨이 멎을 듯이 놀랐다.

"루카, 엄마 이름이 '라이사 바루코비치' 아냐?"

나는 기뻐서 손을 떨며 루카에게 종이를 보여 주었다.

루카가 종이를 낚아채듯 가져갔다. 하지만 곧 실망스러운 얼굴이 되었다.

"엄마 글씨가 아니야."

"누군가 엄마를 대신해서 써 주었을지도 모르잖아."

루카의 얼굴이 실낱같은 희망에 다시 밝아졌다. 하지만 종이를 읽어 내려가더니 점점 어두워졌다. 루카는 종이를 구겨서 땅바닥에 던져 버렸다.

"우리 엄마가 아니야. 주소도 다르고 내용도 달라. 바루코비치는 키예프에서 흔한 성이야. 라이사도 흔한 이름이고."

루카의 목소리에 기운이 하나도 없었다.

나는 바닥에서 종이를 주워서 벽에 다시 잘 끼워 놓았다.

"너희 엄마한테서 온 편지는 아니지만 누군가의 가족이잖아."

루카가 한숨을 쉬었다.

"리다, 네 말이 맞아. 종이를 바닥에 버린 건 내 잘못이야."

몇 주 뒤, 우리는 모닥불에 둘러앉아서 차를 마시다가 두 아이를 안고 있는 체코에서 온 여자를 만났다. 큰 아이는 하얀 얼굴에 금발 머리이고, 작은 아이는 엄마를 닮아 짙은 눈썹에 눈동자가 갈색이었다. 그런데 큰 아이가 엄마를 밀어내며 자꾸 떼를 썼다. 내가 자장가를 불러 줬더니 얌전해지면서 노래에 귀를 기울였다. 잠시 뒤, 아이가 내 발치에 자리를 잡고 앉았다. 아이는 자장가를 따라 부르면서 볼에 흐르는 눈물을 닦았다. 아이의 손목 안쪽에 검은 점이 보였다.

"어, 벌레가 있네. 누나가 잡아 줄까?"

그런데 아이가 깜짝 놀라며 손목을 감추었다.

"그건 벌레가 아니야. 문신이야."

아이의 엄마가 말했다.

아우슈비츠 포로들의 문신을 본 적이 있는데, 이건 좀 달랐다. 그리고 어린아이에게 문신이 있다니 이상한 일이었다.

아이 엄마가 아랫입술을 파르르 떨며 말했다.

"아이가 길가에 버려져 있었어. 독일어로 웅얼거렸는데 아무도 저 아이가 어디서 왔는지 알지 못했어."

"저 문신은 무슨 뜻이에요?"

"처음에는 나도 몰랐어. 그런데 한 캠프에서 간호사가 다른 아이들에게도 같은 문신이 있는 걸 봤다더구나. 납치돼서 독일인 집에 입양된 아이들의 표식이래. 하지만 문신 때문에 아이들은 독일에서 진짜 가족이 되지도 못 했대. 독일군이 전쟁에서 지자, 아이들은 버려졌고. 간호사가 나한테 저 아이를 입양하고 싶으면 모르는 척해 주겠다고 했어. 결국 아이는 진짜 가족을 찾지 못해서 나와 가족이 되었단다."

아이 엄마의 말이 가슴에 박혔다. 혹시 라리사도 그래서 나치 장교 가족과 함께 있었던 것일까. 그럴 가능성이 높았다. 속이 타들어 가는 것 같았다. 라리사는 지금도 그들과 함께 살고 있을까. 아니면, 저 아이처럼 버려졌을까. 살아남기는 했을까. 자신이 누구인지 기억이나 하고 있을까.

나는 목에 걸린 십자가 목걸이를 꼭 쥐었다.

"라리사, 라리사, 제발 무사히 살아 있어 줘."

어느새 8월이 지나고 가을이 왔다. 루카와 나는 아직도 난민 캠프를 떠돌아다니며 가족을 찾았다. 벽에 끼워진 종이를 수천 장 넘게 살폈지만 라리사로부터 온 소식을 찾지 못했다. 루카도 엄마의 소식을 듣지 못했다.

그러던 11월 어느 날, 영국군 난민 캠프에서 수프를 받기 위해 줄을 섰다가 두 남자의 대화를 듣게 되었다.

"이제 소련으로 사람들을 강제로 돌려보내지 않는다는군."

회색 수염이 덥수룩한 남자가 김이 모락모락 나오는 컵을 굽은 손으로 감싸며 말했다.

"정말이에요?"

앞에 서 있던 젊은 남자가 물었다.

"미국군이 사람들을 소련으로 돌려보내지 않은 지 몇 주 되었다니까, 이제 영국군도 보내지 않을 거라는군."

24장
기다림

더 이상 도망 다니지 않아도 된다는 건 다행스러운 일이었다.

우리가 머물고 있는 영국군 난민 캠프에는 우크라이나 사람들이 많았다. 우리를 강제로 돌려보내지 않는다는 약속에도 나는 운에 맡기지 않기로 했다. 그래서 리비프에서 왔다고 거짓말을 했다. 루카도 마찬가지였다.

한 해가 저물고 1946년이 되었다. 새해에도 우리는 여전히 떠도는 난민이었다. 난민 캠프는 결국 우리의 집이 되었다. 어느 나라에서도 우리를 받아 주기를 원하지 않기 때문이었다.

사람들은 여러 나라의 이민 담당자들과 인터뷰를 할 때 말끔하게 보이려고 애썼다. 덕분에 나에게 일거리가 생겼다. 나는 소련군과 독일군의 군복으로 코트, 치마, 블라우스 등을 만들었다. 사람들은 손재주와 눈썰미가 좋다고 칭찬하며 대가로 음식을 주었다. 그래서 배고플 일이 없었다. 루카는 마을의 독일인 약국에서 일했다. 독일에 살고 싶다는 생각은 없지만, 이민 담당자에게 좋은 점수를 얻으려면 기술이 필요했다.

마을에 사는 독일인들은 친절했다. 그들 역시 먹을 것이 부족했고, 집들이 폭격을 맞아서 우리보다 나을 게 없었다. 하지만 나는 포로로 끌려다닐 때 우리를 바라보던 독일인들의 눈빛을 기억했다. 그래서 아직도 독일인을 보면 마음이 불편했다.

다른 사람들이 가족을 찾거나 캐나다, 영국, 미국에 사는 먼 친척의 도움으로 이민을 갈 때 우리는 마냥 부러워하기만 했다.

누가 나와 루카를 찾아 줄까. 우리에게는 가족이 없는데……. 문득 캠프 전체가 텅 비고 나와 루카만 덩그러니 남겨지는 게 아닐지 걱정이 되었다.

어느 날, 적십자에서 온 여자에게 모든 걸 털어놓기로 결심했다. 나는 나치 장교 가족과 동생처럼 보이는 아이가 함께 있는 것을 보았다고 말했다. 그리고 캠프에서 만난 금발 머리 소년의 팔목에 새겨진 검은 점 이야기도 들려주었다.

"동생도 독인인들에게 버림받았을 거라고 생각하니?"

나는 바로 대답하지 못했다. 하지만 결국 그렇다고 말했다.

여자가 한숨을 쉬었다.

"네 동생이 과거를 기억하지 못한다면 찾기 힘들 거야. 우리가 할 수 있는 건 금발 머리에 눈동자가 파란 1938년에 태어난 소녀를 찾는 것밖에 없는 것 같구나. 최선을 다할게."

에필로그

바느질을 하다가 나무 아래 앉아서 아이들이 노는 모습을 지켜본다. 라일락 향기가 난다. 나는 목에 걸린 십자가를 만지며 가족과 함께한 행복한 순간을 떠올린다. 내 마음 속에는 항상 라리사가 살아 있다. 동생이 죽었다고 생각한 적은 단 한 번도 없다. 하지만 수년 동안 동생을 찾는데도 소식이 없다. 이제는 포기해야 하는 걸까. 나는 일어나서 기지개를 켠다. 다시 바느질을 하러 간다.

루카가 편지를 들고 긴 의자에 앉아 있다.

"그거 어디에서 온 편지야?"

루카가 웃는다.

"너한테 온 편지야."

하지만 루카는 나에게 편지를 바로 주지 않는다. 표정을 알 수가 없다. 이스라엘 하이파에 살고 있는 제냐에게 온 편지인지, 캐나다 몬트리올에 살고 있는 나탈리아에게 온 편지인지……. 궁금하다.

"캐나다에서 온 편지야. 브랜트퍼드에서."

루카가 내 손 위에 편지를 올려 준다.

처음 보는 이름이다.

나는 루카 옆에 앉아서 봉투를 연다. 조그만 라일락 꽃가지가 떨어진다. 숨이 턱 막힌다.

첫 장에 한 소녀의 사진이 있다. 양 갈래로 머리를 땋은 소녀가 진갈색 머리의 남자와 여자 사이에 앉아 있다. 남자는 나치군 장교 프란츠가 아니다. 여자는 차 안에서 보았던 금발 머리 여자가 아니다. 둘 다 친절해 보인다. 이 사람들은 누구이며 왜 라리사와 함께 있는 것일까.

"네 동생이지? 너와 많이 닮았어."

내 동생 라리사다. 라일락 꽃가지……. 라리사가 어린 시절을 기억하고 있다.

리다 언니에게

이 편지를 읽고 있는 사람이 언니이기를…….

전쟁 중에 언니를 본 것 같아. OST 배지를 달고 폭탄이 터진

공장 밖에 서 있던 아이가 언니라면 말이야.

언니에게 달려가고 싶었지만 그렇게 할 수 없었어.

제발 언니가 맞다고 말해 줘.

일 년 동안 전쟁에서 언니가 살아남았기를 기도하면서 적십자에

편지를 썼어.

나는 지금 입양돼서 캐나다에서 살고 있어.

마루시아와 이반 크라프추크 양부모님은 나를 나디아라고 불러.

아주 긴 이야기가 있지만, 나는 많이 사랑받으면서 잘 살고 있어.

언니가 정말 보고 싶어. 할 말이 너무 많아.

물어보고 싶은 것도 많고.

하지만 지금은 한 가지만 물어볼게.

언니, 이 편지를 받는다면 캐나다로 오지 않을래?

양부모님도 언니를 환영한대.

날마다 언니의 편지를 기다리고 있어.

언니, 사랑해.

동생 라리사가

라리사, 나는 너를 찾지 못했는데 네가 나를 찾았구나.

기쁨의 눈물이 흘러넘친다.

루카가 나를 안아 준다.

"아주 기쁜 소식이야. 곧 이곳을 떠나야겠구나."

하지만 루카의 얼굴에 걱정이 가득하다. 나는 루카의 이마를 덮은 머리카락을 쓸어 넘긴다.

"루카, 우리 함께 가자. 내가 가는 곳이면 너도 가야지."

작가의 말

제2차 세계대전 당시, 히틀러가 소련을 침입하여 사람들을 잡아갔다는 사실을 아는 사람은 드물다. 독일의 나치군은 사람들을 붙잡아다 화물차에 태워 독일로 끌고 갔는데, 그때 잡혀간 전쟁 포로가 오백오십만 명 정도이며 대부분 우크라이나 인이었다.

전쟁 포로로 끌려간 많은 사람들은 위험한 상황에서 일을 하다가 사고로 죽거나 굶어 죽었다. 나치군은 십 대 후반이나 이십 대 초반의 젊은이들을 주로 잡아갔지만, 이 책의 주인공 아홉 살 리다보다 나이 어린 포로들을 잡아갔다는 문서들도 발견되었다. 열두 살이 안 된 어린이들은 주로 수용소로 가거나 인체 실험의 대상으로 희생되었다. 너무 어려서 자신이 나치를 위해 일을 할 수 있다는 걸 증명하고 살아남은 어린이는 거의 없었다.

독일이 전쟁에서 패한 뒤, 스탈린은 독일에 잡혀간 전쟁 포로들을 고국으로 돌려보내 줄 것을 요구했다. 하지만 소련으로 돌아간 포로들은 바로 처형되거나 다시 시베리아 수용소로 끌려갔다. 스탈린이 나치군에게 잡혀갔던 포로들은 나치가 됐을 거라고 생각했기 때문이다. 그래서 포로들 중에는 소련으로 돌아갈 것이 두려워 독일 수용소에 잡혀갔던 사실을 숨기기도 하였다.

전쟁은 역시 아프고 슬픈 일이다.

리다의 세계를 생생하게 그려 낼 수 있게 독일의 수용소 이야기를 들려준 생존자들에게, 특히 아넬리아 V에게 고마운 마음을 전한다.

마샤 포르추크 스크리푸치

바람청소년문고 5
소녀, 히틀러의 폭탄을 만들다 아침독서신문 선정, 학교도서관저널 선정 올해의 책

초판 1쇄 2015년 12월 15일 | **5쇄** 2021년 7월 2일

글쓴이 마샤 포르추크 스크리푸치 | **옮긴이** 백현주
편집 곽미영 | **디자인** 디자인포름 | **홍보** 송수현 | **영업** 성진숙 | **관리** 최지은
펴낸이 최진 | **펴낸곳** 천개의바람 | **등록** 제406-2011-000013호
주소 서울시 영등포구 양평로 157, 1406호
전화 02-6953-5243(영업), 070-4837-0995(편집) | **팩스** 031-622-9413
ISBN 978-89-97984-85-5 43840

• 이 도서의 국립중앙도서관 출판시도서목록(CIP)은 서지정보유통지원시스템 홈페이지(http://seoji.nl.go.kr)와 국가자료공동목록시스템(http://www.nl.go.kr/kolisnet)에서 이용하실 수 있습니다.(CIP 제어번호: CIP 2015033078)